寅照台华

我的人生随笔

杨宏寅 著

中国民族文化出版社

北京

图书在版编目(CIP)数据

寅照台华：我的人生随笔/杨宏寅著. -- 北京：中国民族文化出版社有限公司，2023.3
ISBN 978-7-5122-1720-1

Ⅰ.①寅… Ⅱ.①杨… Ⅲ.①散文集—中国—当代 Ⅳ.①I267

中国国家版本馆 CIP 数据核字（2023）第 041058 号

寅照台华：我的人生随笔
YINZHAOTAIHUA：WODE RENSHENG SUIBI

作　　者	杨宏寅
责任编辑	张　宇
责任校对	李文学
出版发行	中国民族文化出版社　地址：北京市东城区和平里北街 14 号 邮编：100013　联系电话：010-84250639　64211754（传真）
印　　装	三河市嵩川印刷有限公司
开　　本	880 mm×1230 mm　1/32
印　　张	8
字　　数	170 千字
版　　次	2023 年 3 月第 1 版
印　　次	2024 年 1 月第 1 次印刷
标准书号	ISBN 978-7-5122-1720-1
定　　价	58.00 元

版权所有　侵权必究

序 一

莫云汉[*]

　　珠海学院中文系一向注重传统，以弘扬中国传统文化为任，年前创办国学硕士课程，文、史、哲三个范畴，皆尽包罗，俾学子开阔视野，贯通国学。

　　国学硕士课程开办之后，报读者与年俱增，且多内地人士，不辞辛苦，远来求学。虽只一年时间，然在师生之互勉相磋之下，同学皆有所得。

　　杨宏寅学棣，年前自河南负笈来校，好学好思，尤喜写作。毕业之后，仍不断操觚，每有所得所感，即一一记述。其所为文，在不经意之间，隐含文、史、哲三个范畴，此其不忘就读珠海之国学课程，而能付诸实行，有所表现。且其性情真朴，故言人、言事、言理，皆无所雕饰，直书所见。其中谈家乡、谈香港、谈文艺、谈诗词，谈人生、谈生死等题材，即就其所知，敢于放言，勇于下笔。更在各篇之

---

[*]莫云汉，香港珠海学院中国文学系教授，原中国文学系主任。现退休至澳洲大学任客座中文教授。

间，隐约见其从少年一路成长之点滴，以至今日中年之情怀，而此中之点滴、情怀，又有一颗赤子之心在焉，是为可喜可贵也。谨书数行，以相策勉。

序 二

周正伟[*]

"文学"一词,按王梦鸥老师的看法:心生而言立,言立而文明。盖人心之动,或托于语言,或见于行事,凡有嘉言懿行,则又创为文字以记之。研究人心之动,属于心理之学;研究语言,别有语言之学;但用文字以记言记事者,自昔则皆列于文学之科。而文学一词,实则相当于中国古代的"文"之一字,和古拉丁的 Littera 一词。依据一般辞书的诠释,常把"文学"一词划分作广义的——指一切书写的东西;狭义的文学则专指那属于所谓诗歌、戏曲、小说等作品。因此,英国学者埃德温·格林劳(Edwin Greenlaw)在《文学史领域》(*The Province of Literary History*)中表示,凡有关于文明史的,没有不属于文学的范围……因为无论它是美文、印本或是手抄的东西,都可以使人从中认出那个时代和那种文明。所以我们要发扬文学,使它在文化历史上有着更大的贡献。

因此,一位读者从文学作品中所经验到的,不单是知道文章里面

---

[*] 周正伟,香港珠海学院中国文学系教授,中国文学系主任。

说了些什么，就如同阅读一篇报告，或是时事新闻一样；还能从其中体会到一种有异于现实感情的喜爱。这种喜爱，并非现实的喜怒哀乐，而是从现实的喜怒哀乐，混合酿成一种更纯粹的感情品质。明朝谢榛《四溟诗话》卷三云："作诗本乎情、景，孤不自成，两不相悖。……景乃诗之媒，情乃诗之胚，合而为诗，以数言而统万形，元气浑成，其浩无涯矣！"唯有这种更纯粹的感情，才可以引起读者的联想与共鸣，从而更为欣赏作品的内容，继而与众分享！与众共乐！

本书著者热爱文学，更勤于创作，无论古典的近体诗，或是现代白话文的小说、散文等，都能带给大家一次又一次赏心悦目的惊喜。泛览宏寅新著《寅照台华》，书中合共收录111篇文章，分为五大类：一、百姓列传；二、怒放的生命；三、人生漫谈；四、笑话与商界小故事；五、农夫杂记。内容包罗甚广，体裁各异。通篇可谓"风云吐于行闲，珠玉生于字里"，且皆见著者之情感流露其间："现在回想起来也是感慨不已；感叹自己的瞬间长大，感叹自己终于长大了。"（《长大》）；长大后，追寻自己的梦想，"离开故乡越久，故乡在我心里就变得更加美丽，……故乡啊，你如一把锁，锁住了我的童年也锁住了我的整个人，锁住了我的一辈子。"（《最美最好是故乡》）；事实上，"芸芸众生，谁不自爱？"（《人是怎样走向完美的》）；因为"人有自尊，才会有所为而有所不为，懂得在舍去的基础才有得。"（《自尊》），假如"你的心是善良和美好的，那么你的世界也一定是善良和美好的！人哪，不必太在意自己的去留得失，你能为他人带来快乐和幸福,你也才会因此而快乐和幸福!"(《人哪》);这样才可以说是真正做到"让自己了无挂牵,赤条条的来到尘世,再赤条条地走吧。"(《漫谈生死》)

此书的出版,恰如《文心雕龙·知音》云:"夫缀文者情动而辞发,观文者披文以入情,沿波讨源,虽幽必显。"

本人乐于为序,向读者郑重推介。

序 三

韩 镯

　　农夫从农村泥泞的山路，到大城市繁华的大街，一路走来的脚印，正是农夫这一行行的文字，朴实，细腻，生动，深刻。记录了农夫贫穷、幸福、美好、难忘的农村生活，童年记忆，乃至后来到大城市奋斗拼搏的艰难过程。农夫心中有很多记忆被锁住，压在心底，郁结在笔尖，这本《寅照台华》是最好的成果，农夫把自我的苦与乐灌注在笔尖，多年了，一直与纸和笔相伴，走过多少孤寂和落寞的日子，也排解了多少剪不断的乡愁，在所有的故事里，都是农夫与自己心灵的对话。

　　这本书，不仅是农夫对自我人生道路的回顾，也是对自我青春若失的感叹，农夫的笔尖细腻，把文字变成一颗颗沙粒，铺在读者眼前，使读者更容易产生共鸣，一起回到那个年代，是山娃，是小李，是……。沙粒上留下一串串歪歪扭扭的脚印，那是农夫记录农村生活最好的印迹，当今天再回过头来，会看见那些若隐若现的划痕，揭开所有的记忆，那些深深的脚印里盛满了青春的炙热。

农夫不只是山娃，农夫还是高才生，更是省会郑州一企业明星，更是广大农村里走出来的一个独特代表。

总之，农夫的笔下，写出了贫穷而又富有的人生旅途和生命价值。走进一个人的文字等于走进了一个人的内心世界。期待作家杨宏寅一路走，一路写，凭一颗执着文学的灵魂，到处洒下文学的芬芳，在文学的蓝天上展翅飞翔，越飞越高。

自 序

杨宏寅

农夫生长在中原宛西的三县交界处，和千千万万家乡人一样，虽普普通通但却自强不息。儿时以能吃饱饭和能上学为目标，和同伴玩过"撒把灰障天气，你的人马起哪里"的类似城里人"玩打仗"的两军对垒的游戏，还有羊抵架、摔泥碗、摔四角（我老家人称之为搞bia）、抓石子、自制楝子枪和火柴枪以及摔跤，偶尔逃学去河里捞鱼，甚至偶尔追求刺激而去摘过生产队的青豌豆荚，差点儿被看青人抓到。总之，小时候所有农村小孩所玩的项目我都十分在行，并自以为乐，并没有因为生活条件有限而痛苦。

农夫终于在求学方面有所突破，过五关斩六将，走过独木桥，挤进象牙塔，我之所以有动力求学，皆因为我亲身参加过刀耕火种式的劳动：头顶烈日用镰刀割麦，忍受着燥热和被苞谷叶撩过的皮肤被汗水浸蚀过后的火辣辣的疼痛以及种种苦痛。现在好多了，已经基本实现农业机械化，农业劳动强度已大大降低了。

四年求学后步入社会。随着对社会认识的加深，深知和我一样的普通老百姓，他们可能没有惊天动地的伟业，但他们同样有爱恨情仇，他们也曾认真地生活过。我有一种为他们著说立传的冲动，像荣合、龙发、合三、江小白、小青、小李、大榜等等，他们个性鲜明，或痴或精，都按自己对人生的特定条件下的特定理解并付诸生活之中，已走完或正在经历自身的人生。以期对尚且活着且迷茫的人们以触动和启发，使活着的人们以此为鉴，更好地生活。

这才是我创作《寅照台华》的初心！

目 录

序一 1

序二 3

序三 6

自 序 8

百姓列传 1

小李奋斗记 2

山　娃 6

李胖子 9

王师傅 12

小梁的奋斗史 16

杨长生 19

小王奇遇记 21

山田君 23

杨一天 25

小八子 28

王老师	31
小 青	33
我的巧云奶奶	36
冉 娃	39
江小白	41
王老大	43
文学青年小王	45
创业者之歌	48
山娃和二叉	50
山 花	53
张 三	56
王老六经商记	58
老王堂	61
大 榜	64
平凡的报摊人	67
李二狗	69
堂兄杨金	72
老 大	76
李 柒	78
王三和王大	81
小王和荷花	84

王老头 ………………………………………………………… 87
我的同学孙玉华 …………………………………………… 90
老杨同志 …………………………………………………… 92
我的辅导员——记我的老师向春林 …………………… 101
建军传 ……………………………………………………… 104
李家宝 ……………………………………………………… 107
来　娃 ……………………………………………………… 110
二　犟 ……………………………………………………… 112
牛郎织女 …………………………………………………… 115

怒放的生命 …………………………………………… 119
怒放的生命 ………………………………………………… 120
我与老师 …………………………………………………… 123
过　年 ……………………………………………………… 126
油馍和枪 …………………………………………………… 129
两军对垒 …………………………………………………… 132
逃　学 ……………………………………………………… 135
我的高考 …………………………………………………… 137
童年的电影 ………………………………………………… 140
分配工作 …………………………………………………… 143
驾照趣事 …………………………………………………… 146

生产队	150
农民与红薯	153
最美最好是故乡	156
同学会杂记	158
马齿苋	163
山　药	165
炝锅面	168

人生随笔　171

人是怎样走向完美的	172
自　尊	174
夫妻冤家	176
人　呐	178
人老如冬	180
每个人都很重要	182

读书感想　183

《唐诗三百首》读后感（1）	184
《唐诗三百首》读后感（2）	188
《远方的山楂树》观后感	190
观粤剧《凤阁恩仇未了情》	193

读后感 ·· 197

　　笔锋下的人间烟火 ································· 199

　　根的年轮 ·· 204

　　读《寅照台华》有感 ······························· 206

　　《夫妻冤家》读后感 ······························· 208

　　泼墨润草根 ······································ 214

　　记住乡愁，为乡土小作家呐喊 ······················ 217

　　捡石头的小孩 ···································· 220

　　书评 ·· 222

　　有一种乡愁叫回望 ································ 225

　　《寅照台华》读后感 ······························· 228

　　回味美，感悟真 ·································· 232

　　才根于器 ·· 234

百姓列传

小李奋斗记

小李考上了普通高中涅阳三中，他各门功课都在中上等，语文是他的最爱，尤其擅长写作文。

开学第一天，他的父亲和他一起拉着装满小麦和行李的架子车，一路晃晃悠悠到了涅阳三中。学校历史悠久，有着光荣传统，甚至还有一家生产地球仪的校办工厂，一条弯弯曲曲的小河从校园内穿过，这条小河给三中增添了一条亮丽的风景线，师生们在河边洗衣、刷碗，甚至为读书和夏天洗澡都提供了难得的幽静而浪漫的地方。

小李一进校门，就心想：我会从这个高中考上大学吗？他知道父辈们种庄稼的艰辛，一年四季除了冬天基本都在地里忙着，到头来除吃喝外，也没见谁因种庄稼发了财。后来他上高二时，基本知道了学校的升学概况，理科四个班二百人，预选后大约只剩下二三十个人。上高二时，小李被怀疑患上肝炎，肝部总是隐隐作痛，小李现在想来应是当时升学的压力大，看不到希望再加上青春期迷茫才导致肝部不适。其实人们有很多不满的情绪转化的毒素都交给了肝脏，肝脏除了承担化解食物以及饮水中的毒素外，更多地担起了化解精神方面的积毒作用，所以喜欢生闷气和焦虑的人肝脏都不会太好，但很多人并不知道这个理儿，愁眉苦脸地到处去求医问药，殊不知是自己的情绪引起的。小李自然也不知这一道理，从高二开始感到肝区隐隐作痛，加上没钱去大医院查看，所以在担心中度过了一天又一天，就这样高二、高三就混过去了。高考成绩不好也在情理之中，小李在家也无心干任何事情，或多或少受到家人奚落。当成绩出来确定名落孙山后，小李毅然揣着身上仅有的二毛五分钱到供销社买了一盒二毛三的白河桥香烟，到村里找治保主任（管征兵的，小李认识他），治保主任说："你小李参军可以，村里只推荐你一人。虽有十几人报名，但他们都没上过高中，到军队里也不会有出息！"小李又直接找到接兵的人，说明他急切参军的意愿，他的真情打动了接兵人，况且他是货真价实的高中毕业生，让接兵人很满意，因为接兵人知道当时的兵源中有多数人只是初中毕业，却打着高中毕业的幌子，素质堪忧呀！

当然小李还得通过体检这一大关。最终一颗悬着的心终于可以落地了，他没有什么甲肝、乙肝和丙肝。如果真有肝炎，那是万万当不了兵的！小李得知最危险的体检关顺利通过后，在苞谷地里一人哭得一塌糊涂，多年的憋屈一下子发泄了出来，他在心里暗暗发誓：感谢苍天有眼，不灭我小命一条。我到部队一定要拼命干，在部队一定要考上军校！

经过一波三折的风波，小李真正开始与命运之神掰手腕了，除了刻苦训练外，因为放下了得重病的思想包袱，加之饮食正常，小李又认真地学习起高中的课程，除了恶补英语之外（拼命地背单词和典型短句），其他功课不需要花费太多工夫，连长看到他写字秀气且文笔好，就让小李当了连队文书。小李还很会来事，常利用星期天到指导员家，给指导员的孩子买些课外书，小李一副笑眯眯的样子也深得那小孩的欢心，小李一两星期不去，那小子还让他爸喊他过去哩。小李人缘好是出了名的，见人三分笑，也许他天生一副笑脸，即使他没有笑，别人也觉得他在笑，因此走在大街上，问路的人都愿问他，他就像一朵盛开的月月红，让人们感受到他的温度和热情。

两年的军营生活，让他彻底知道原来的高中几乎是白上了，他一点点地啃和悟，终于使他把原先如散落一地的知识珍珠，用一根红线穿成一串璀璨夺目的项链，他畅游在知识的海洋里，时而潜水时而打浪，发自内心的狂喜只有自己知道。他在军队立功了，军队要给家里寄喜报，他说服了连队领导取消了喜报邮寄，因为他知道他所有的目的只有一个：考上大学。

后来他如愿以全军区最高分考上军校，最差的英语也得了80分（满分100分），他本可报考第四军医大，但他想到军人的天职是服从，就在是否同意调剂一栏填上"同意"，于是他被调剂到解放军军械工程学院，到学校更是如饥似渴地学习，半年过去了，才告诉家人说他上军校了，爹娘听到喜讯都喜极而泣，还埋怨他不早说，他说是想给他们一个惊喜。就这样他在军校入了党，每学期都是优秀学员。转眼到了毕业季，学校真心想让他留下当教员，他却坚持回了原部队，到兰州当了一员文职军官，负责雷达通讯，工作期间还利用所学知识，改装了一个雷达接收装置，获得了国家专利，后来虽说也经过一些风风雨雨，但小李始终坚持着认认真真做事，清清白白做人的底线。不经风雨怎见彩虹？一个人不受磨难，又怎么能成为一个真正独立的人！他之所以走出三县交界处的小山村，靠的是永不服输的精神和农村人吃劳耐劳和乐观向上的优秀品质，以及变通灵活的制胜法宝。

  至今，小李都多次梦到：当初不去当兵或考不上军校的场景。他发誓不再回家种庄稼了，因为他发现他的身体吃不消繁重的劳作，更重要的是不安的内心；走出这个小山村，即使头破血流也要在外面闯出一片真正属于自己的天地！

山 娃

　　山娃自幼家穷，母亲早年去世，父亲早年追随过革命，曾给胡政委喂过马，当时他才十五岁，后来解放军开拔，他想跟着部队走，胡政委说他太小了，等他长大了再来找他，胡政委还用娟秀小楷给他写了一个证明，证明在1947年到1948年间为革命做过贡献，还盖了某旅某团的公章。后来才知他的弟弟曾做过大领导，官至副师级。后来山娃拿着这张已泛黄的证明到了县委，县委转有关部门按复转老军人待遇每月给老人一两千元的补助，当然这是近几年的事了。

　　山娃因家里穷，更重要的是没学习兴趣和耐心，学习成绩一塌糊涂，而且他比同班的大多同学们大三岁，所以他比别人早发育、早成熟。上初三时，他已经十八岁了。

　　一次两所学校的初三学生在一起联考，他被派饭到一父女家，这家女儿十八岁，和山娃同属相。山娃凭着英俊的长相和一米七五的标准高度，再加上三寸不烂之舌，上通天文下晓地理，一顿饭的工夫征服了那个姑娘和她的老父亲，最后竟然没花什么钱就让那姑娘成了他的第一任媳妇。

　　山娃自知不是上学的料，干脆初中毕业就和那姑娘成了婚。房子还是那间老房子，他还有一个小他五岁的弟弟。相对于村里其他家庭，家庭条件算是下等了。媳妇命短，竟得了急病撒手西去，山娃抱着还没爱够的媳妇号啕大哭，他哀叹自己命苦，娶个媳妇太不容易，以后该怎么办呀？

但山娃安葬完第一任媳妇后很快就振作起来，也许是祖上积德行善，也许是山娃不服输的性格使他交上了桃花运。他连做梦都想不到自己竟摇身一变成了国家公务人员，他的成功是因为善处关系，失败也是毁在滥交朋友上了。

山娃通过亲戚介绍认识了在国营公司上班的第二任妻子，靠着对生活的阅历以及对他人的察颜观色，他不仅有了在国有企业上班的妻子，之后自己也进了国有企业，第二任妻子的家族势力强大，他也从中获利颇多，有时他做梦都会在半夜吓醒，梦到自己又回到了穷光蛋的时代，但看着娇妻小别墅，又掐了掐自己的脸，生疼生疼的，他才确认他的确过上了富裕的生活。

然而好景不长，好似老天爷发现了他不该一夜暴富，他的老婆竟在难产中死了，只留下一个嗷嗷待哺的儿子，所谓人走茶凉，他也不再受媳妇那个大家族待见，他实在觉得没什么意思，就辞了职抱着儿子回了老家，他想过上真正属于自己的小日子，不想再低眉顺眼唯唯诺诺了。

因为他在邻县结交了太多朋友，就通过熟人介绍做起了走私摩托车的生意，同样型号的纯进口日本摩托车，他的卖价比市场价低百分之一二十,因此他的生意很火爆,他不仅赚了钱盖了房,又迎娶了第三任媳妇,第三任老婆没有什么亮眼之处,生下一闺女,终因性格执拗而撇下闺女,绝情而去。人们问过山娃,山娃说:没见过恁固执的人,一句话都说不到她心里去!就这样三任老婆两死一离,留下一男一女同父异母兄妹两人。但山娃的桃花运还在延续,他又物色了一个因遭家暴而离婚的邻乡媳妇,这个媳妇细皮嫩肉,身材苗条且举止得体。婚后又生一女,终于应验了算命先生的四媳二女一男的宿命。

虽然他擅长拉关系,却因交了一些鱼龙混杂的"朋友"而遭灾祸。由于境界所限,他虽比一般农村人见识广,但却是一个"老好人",邻庄有一个破落户老王混得上无片瓦下无立锥之地,山娃看到他无住处,就让他住自己家的门偏房。山娃还承包土地并给老王干股。刚开始老王知恩图报,时间长了,原形毕露,他趁山娃不在家,调戏山娃的媳妇,并把承包土地所得收入的大部分据为己有。这档子事与农夫和蛇的故事相比异曲同工。山娃怒斥老王,老王竟然用菜刀砍伤自己的恩人,正是升米恩斗米仇啊。山娃呀!你现在知道了吧?有些熟人不能让他们知道自己太多内幕,城墙往往是从内部被攻破的呀!

如今山娃家置齐了收割机和旋耕机,他为儿子娶了媳妇,还当上了爷爷,大闺女也争气,今年考上了不错的大学,是呀!老天爷看得清,该让山娃过上好日子了。生活的风风雨雨使他领悟了人性的光辉,也了解到人性的阴暗。

山娃,且行且珍重吧!这就是真真切切、有苦有甜的人生啊!

李胖子

　　李胖子是我同年入职单位的同事，人们常说胖子脾气好，这是真的。李胖子经常笑眯眯的，即使心里有些不痛快，脸上也会挂着微笑，让人感到他一直心情很好一样。但凡是人都有喜怒哀乐，他也有难过的时候，只是不太上心罢了。

　　记得有一次胖子和我说起在他上高中时，有人找他茬并和他发生口角，他忽然给对方说：我肚子饿了，咱俩都去吃饭吧，吃过饭有劲了再吵吧！那厮顿时石化，不知所措。之后那厮再也不找他说事了。

　　他长得胖胖的，浓眉大眼。他说他的两个眉毛离得太近，心眼小。我说他心宽体胖，何来小心眼之说？他便捧腹大笑、前仰后合了。

　　胖子好吃是大家公认的，有一次周末他没回市里，他和我商量，炒20个鸡蛋，一顿吃完。我俩把鸡蛋和葱花搅拌后，做成葱花炒鸡蛋，我俩吃到最后，实在是吃不下去，最后得出结论：凡事都得有度，有的时候，并不需要多多益善。

　　胖子的热心是出了名的，他曾邀请我们几个单身狗护送一同事的媳妇，三男护送一女上下班，给那媳妇感动得眼泪汪汪的。

　　胖子刚到单位便到人事科编制工资发放程序，并取得良好的使用效果。后来单位建实验室，他累坏了，得了肝炎住了院。他在四十多岁时脸上就有老年斑了，但他心态好，依旧风风火火，走起路来常常一路小跑，夏天的他，大多是汗流浃背，衬衫后面经常有一大片白白的盐渍。

年轻时胖子颇有女人缘。有姑娘暗恋他，他却看不上人家，他倒是看上一个姑娘，又终因生活习惯和行事方式相差太大而作罢。后来跟一个同样爱好 IT 的姑娘结了婚。婚后育得一子，真是子承父业啊，儿子也喜欢研究计算机编程，曾代表学校参加过全国性的航模大赛并名列前茅。媳妇因 IT 职业病，腰椎痛得要命，只好早早离开职场回归家庭，一直通情达理，相夫教子，孝教父母，颇得家人称赞。

时至虎年今日，胖子父亲 92 岁，母亲 87 岁，二老都早早住到养老院了。胖子的弟弟安家南方，回一趟家很不容易，赡养父母的重任自然落在脾气好的胖子身上，他一星期去看望老人三四次，基本上隔天去一次。他的母亲给他讲养老院里的事，有一老人有八个闺女，一个月竟没一人到养老院里看望老人，老人们并不是缺钱，只是缺少亲情关爱呀。若长期没人来看望老人，护工也会偷懒，常常会给老人脸色看，收拾房间及擦洗身子等也会很不耐烦。想想也是呀，自己的儿女都不愿多看一眼父母，指望护工比亲生儿女还孝敬也不太现实呀！

胖子谈到养老，自是一番感叹："有啥别有病，没啥别没钱！若有生活质量活着尚可，若死不了又活不出尊严和质量是最难受的呀！"我就劝慰他："孝敬父母者家和人安，自己和家人都会得到善终，老天自有公道，人善人欺天不欺呀！"

最后送胖子几句话：

> 人善即积德，心宽自知足。
>
> 善良得快乐，平安即是福。
>
> 笑对苦厄运，欢乐过日子。
>
> 尽孝父母前，天堂在人间。

王师傅

王师傅今年 63 岁了，在新能源领域埋头深耕几十年，但功夫不负有心人，他走过了艰难曲折的路，却开创了光辉璀璨的大道。

八岁时，他上小学一年级，暑假期间，利用父母给的零花钱自制成了天线，这在 1968 年前后是一种很轰动的大事。他和伙伴们一起到野外割草，他基本上不用动手，他对小伙伴承诺，只要谁愿意帮他割草，就可以听一下他自制的收音机。那时很少人家能买得起收音机，所以大伙争先恐后帮他割草，只为了听一听他的土收音机。

上小学期间，他对无线电的兴趣和爱好有增无减，直到初中高中，他把业余时间和零花钱都用在自己的兴趣和爱好上了，兴趣是一个人事业进步的最大动力，同时也是最好的老师，他凭着不可抑制的兴趣，完成了一个又一个自制电器的制作，同时得到了一次又一次的自我实现和自我激励。高中毕业后他参了军，成了一名光荣的解放军战士。在军队中又因爱好无线电被安排到军队无线电学校培训学习。回来之后被分配到二炮无线电科。从此王师傅学以致用，把自己的爱好和工作完美地统一起来。

王师傅年轻时为研究一个难题，常常是彻夜不眠，不弄明白就不睡觉。在军队,学习和研究的条件好,老师和各种测试设备也多,他主要搞导弹电路研究,把导弹的电路研究到像老中医对于人体经络一样熟悉。

他长期专注于研究各类问题,过早地花眼了,现在看手机和书,都得戴两层眼镜,他甚至很少看别人发他的微信。熟人找他,一般都是打电话联系。

他对新能源车的电池和控制系统颇为熟悉,同行遇上难题都会向他讨教,如今他直接教过的徒弟遍布省内外,现受邀在几个职业技术学院指导学生实习,因为学校领导对他的精湛技术和严谨的作风信得过。学员实习这一块,安全太重要了,一旦出事,事态多为难以控制,安全第一是学校领导们办学要考虑的首要问题。

王师傅退伍后研究和生产铅酸电池,常和现在几个大的电池企业的技术专家在一起探讨技术难题。包括超威的技术专家等人,当时常和王师傅在一起辩论并试制新型号电池,从液态到胶体,从低密度到高密度免维护,王师傅都亲力亲为。

王师傅到北京开电池业技术研讨会,虽说对方管吃大餐和住豪华宾馆,但老王往往只住一晚上便以北京有亲戚为由,不愿再蹭吃蹭喝了。其实他哪有北京亲戚?他买两个烧饼就上自来水就是一顿饭,晚上睡在火车站的候车厅里,有一次他正在座椅下铺一塑料纸呼呼大睡,不料清洁工不小心用笤帚抢到他头上,他一下子惊醒了,不过不等清洁工道歉,他就挪一地方又倒头睡下了。王师傅就是不怕苦和累,靠着这样一股钻劲、一股韧劲攻克了一个又一个难题，这令人想到冰心的名言：

  成功的花，

  人们只惊美她现时的明艳！

  然而当初她的芽儿，

  浸透了奋斗的泪泉，

  洒遍了牺牲的血雨。

  他常感叹年现在的年轻人大多不够吃苦，容易满足于一知半解和知其然而不知其所以然的状况。他深知复杂的电化学电池及其控制系统是来不得半点儿马虎的，必须彻底吃透机理才能令制造者和维修者对新能源汽车完全放心。他遇到吃得了苦、肯钻研的苗子总是爱之有加，像对自己孩子一样，巴不得把掌握的电路知识和技能一股脑儿教给他们。

  王师傅打算下一步关停电动车维修点，或把维修点交给徒弟打理。他则到那几个学校去培养更多的年轻人，他预感新能源产业必将在近期爆发，在国家3060碳达峰碳中和目标已经确定的前提下，我国在新能源研究和制备方面正走在世界前列，急需培养出大批新能源产业人员。王师傅设想在十年后的中国，人们穿的衣服不仅可以利用太阳能发电，还可以储存电能，从而实现衣服的温控。甚至在将来，墙壁、汽车车身、飞机、轮船等都可以利用光伏和风力发电，火力发电和燃气发电完全消失，蓝天白云和青山绿水将是未来人们生活中的标配。

王师傅的梦是诱人的，美好的，他也正在为此梦而努力奋斗着，愿王师傅再创辉煌。

小梁的奋斗史

小梁生于宛西的一个农村家庭,由于家穷和农村姑娘少有落单,今年30岁,已到而立之年,但还没娶到媳妇,他的父母着急了,眼看着两个儿子都到了当婚之年,小梁还有个弟弟也28了,至今也没有结婚。父母急得长吁短叹,不知背地里抹过多少眼泪。

一日,小梁父母把小梁兄弟俩叫到跟前,给小梁兄弟下了最后一道通牒:今年你们出门找媳妇吧,啥时找来媳妇啥时回来!你们兄弟俩在我们面前天天晃来晃去,我们心里难受啊!家里有我们两人照顾,你们兄弟俩都出门吧!

于是小梁的弟弟进了省城的富士康公司打工,小梁则选择做了破烂王,干起了收废品的营生。原来收废品这一行当也是很有讲究的,有人发了大财,有人涉嫌违法而锒铛入狱。小梁买了一辆电动三轮车,租一个廉价农家小院,便开始了"破烂王"生涯。

刚开始他并不清楚干每一行当都有门道,因此刚开始就经历了遭白眼,差点儿还吃了官司,同行竞争各有各的地盘,有一次他的一个同行就警告他不要到某一小区收废品,那是别人的地盘。他有些不解,后来和该小区物业混熟了才知道,那人每年给物业一定费用,才有了进小区收废品的特许。后来他选择了那些没有物业指定废品回收人的小区，只要和保安搞好关系即可，当然也要处理和同行之间的关系，时间长了，他逐渐发现仅靠进小区收碎钢烂铁和废纸箱是不行的，他瞄上了企业的废品回收，通过熟人介绍和自己的联系，他有了一些私企和国企的固定客户群，他注册了一个"梁氏物资回收公司"，并在市区写字楼租了一间办公室，请了一名刚大学毕业的小姑娘做办公室接待人员。他也更换了甄别真伪的检测设备锤子和吸铁石，取而代之的是金属色谱分析仪，这个仪器价格得好几万，是有些贵了，但是物有所值，只需扫描一下，便知各种成分的含量，结果也和大型物资回收公司的检测结果十分接近，小梁再也不用担心看走眼而赔钱了，尤其是回收新能源锂电池，对铬、镍、钴等贵重金属的收购价涨了好几倍，小梁还购买了磷铁锂电池拆解流水线，把各种金属分开装袋，然后一个月发江西那边一次。因为有了准确的含量分析，所以渐渐地他也不用随车跑江西了，到货后，江西新能源回收公司再复验成分后称重，就把货款打到他账上了。

现在唯有三元电池拆解时不能用机器，易打火爆炸，只能雇两个附近的细心农妇，小心翼翼地拆开再分类。办公室姑娘小王也看到小梁的能力，主动频频对小梁暗送秋波，得到了小梁的肯定，已升级为公司的老板娘兼会计，她也不嫌弃小梁大她八岁和小梁的初中学历了。

小梁又把弟弟接来看管拆解工厂，他们又联系到一批固态电池，这种电池安全呀，甚至钉钉子也没事，只是奇怪了，这种电池就是不含贵金属钴，但还好，有一家郑州的公司专门收购拆解料，有多少要多少，而且价格合适。因为可以机械化作业，所以拆解效率很高，效益自然也很可观了。

小梁的弟弟现在也有了女朋友了，小梁的父母也来到郑州帮小梁看厂，一家人赶上新能源事业所带来的红利，趁着时代的东风，兄弟两人娶到了满意的媳妇，一家人过上了过去做梦都想不到的幸福生活。

杨长生

　　杨长生是我们村里的一个老先生，于 20 世纪 80 年代末辞世，去世时六十多岁。

　　长生是一个非常和善的长者，按辈分我得叫他爷爷。他在暑期常常光着膀子，皮肤被阳光晒成古铜色，比非洲人也白不到哪里去。长生爷是一个善良宽厚又好和人开玩笑的人，我印象最深刻的是他的瘪腰，大约只一虎口厚，用他自己的话是"前墙快挨着后墙了"，那时夏天吃饭，人们喜欢聚在一片树荫下，人们吃着说笑着，甚至还能品尝一下邻居的菜肴。他常常凑到一个小孩跟前，问同一个问题：你这饭是吃我肚里了，还是吃狗肚里了？绝大多数小孩都会很不耐烦地回答：吃狗肚里了！引得大家哄堂大笑。

　　他是我见过的最善良、最和善的人。他喜欢掂着一个长杆旱烟，那杆子不知用什么木头制作的，暗红中闪着金光，现在想来应是金丝楠木吧！他还有一件宝物便是他那个两头翘中间低的木制枕头，常年被脑油润得明光发亮，他在夏季中午常拉一个破席加上这一宝贝，躺树荫下午休。他在生产队喂牛、使牛，被人称为"掌鞭"，他喂牛也比别人好，因为有耐心，常和牛们谈心。我喜欢去他的牛屋的草堆下扒"簸箕虫"（土鳖），一次听他给牛拉常家：咋了你？想老婆了吧？也是，你也老大不小了，这几天我就给你娶媳妇啊，别着急呀！这头牛似乎听懂了他的劝慰，不再拗着头绝食了，开始低头吃草了。

　　村里有人说他是被气死的，传说是因为：他的大儿子不愿管小儿子的婚事，还顶撞了他。一辈子好开玩笑的他竟然想不开而郁闷而死，而且他的媳妇（我的远房奶奶）也在他离世三个月内无疾而终，令人惋惜。我的那个麦女（她的小名）奶奶是她的亲表妹，也许是他们两口的善行感动了老天，生下的两儿两女都健康聪明，而且小儿子杨义虽没了父母，却幸运地娶了一个漂亮又能干的山里姑娘，如今杨义已经当上了外爷了，若我的长生爷地下有知，也该含笑九泉了！

小王奇遇记

话说小王天生多愁善感、文思泉涌，勤于写作，一天两千字已是小菜一碟，以至于把写作当成生活，几乎把世间万事万物都拿来写作。时而悲天悯人，一边写一边哭；时而发发小女人脾气，指桑骂槐；若按能量状态，则是忽高忽低起伏不定。但这也是情有可原，毕竟她乃家庭主妇，除了伺候她的男神——一家人的指望，还要照顾一双正上学的儿女及公婆，她也无法得到来自社会的全面信息，她几乎是一个家庭服务站的站长，负责一家人吃喝拉撒，一天到晚很少出门，很少与外界沟通。

一日，小王正做饭，恍惚间进入写作构思状态，竟忘了打开的天然气灶和炒了半熟的菜，径直到客厅掂笔兴书，直到公婆闻到糊味，大声喊叫，小王才惊醒过来，险些酿成了大祸。

事后公婆问儿子说："你那媳妇是否有羊角疯病（癫痫）？"儿子拍胸脯保证媳妇不可能有病，她只是一时疏忽。一天，公婆对小王说："柿妈（她孙子绰号：柿儿）呀，邻居老张那天找我吐槽说，你在文章中含沙射影攻击了他，你在社区群里发文中提到的张三就是他的奶名，他在家里是老三，你说他不注意个人卫生，衣服整月不洗，臭气能飘三百多米，有夸大成分。最多是十米之内能勉强闻到，你说的三百米那都扩大到整个小区了，不可能一小区上万人都能闻到老张的臭味。"小王辩称，我不是在文后写了：本文纯属虚构，请勿对号入座，如有雷同，概不负责。但公婆却说："人家老张孤苦一人，想找一老太太结婚。但现在那两个曾对老张眉目传情的老太都不搭理老张了。老张要求你再在社区群发文，以澄清实事。"小王终于认识到问题的严重性，以后写文要谨慎些，以避免一些麻烦。先搞清楚周围的人的姓名和关系，或者干脆用ABCD来代表人物。

　　后来小王想了很多，觉得暂且不在微信群里显摆，她也知道多数人不爱看，能看懂的又可能是同类，可能招致嫉妒，只有成了像路遥和贾平凹那样的作家，才能真正为世人所接受。

　　经过一场风波，小王似乎成熟和稳重了很多，她不再轻易发文到微信群了，而只在文友群里交流，这样也有知音相惜，甚至水平得到提高。至于能否成为路遥和贾平凹她也不再计较了。小王把写作仅作为爱好，不再疯狂了。

山田君

人们刚听到"山田"这一名字，多数人都以为这是一个日本人的名字，但这却是一个中原汉子的名字，李山田只有初中毕业的文化程度，平时与人说话骂骂咧咧，声音洪亮，常在百米以外都还能听到他说话，但他本质不坏，口碑也不错。

今年他已五十多岁了，腿部因一次车祸动过手术，走起路来一瘸一拐的，但丝毫不影响他走路的速度，他甚至比正常人走得还快，开起车来更是火急火燎的，被人们称作"烧冒蛋"（性子特急的人）。

他本是中原地区省会城郊的农民，初中毕业即到姨父家开的医疗器械厂上班，学会了医疗床、医疗柜、手术凳等产品的制作。因当时刚改革开放，医疗产品供不应求，他就逐渐有了单干的想法，于是就悄悄地通过小恩小惠吃吃喝喝，外加按摩泡脚，拉走他姨父厂里的两个技术员，租一小场地开始了自主创业。虽说这样做对他姨夫有些不仁不义，但他姨父做医疗器械毕竟十几年了，他本人闭着眼也能把那几样东西做出来，所以姨父并没伤筋动骨，况且又是亲戚，过了不久姨父也就重新适应，又带出了几个徒弟。

山田又从别的医疗器械厂挖来一个专业制作中药柜的小师傅小王，

小王当时30岁了，因家在外地乡下，兄弟多，家务负担重，所以迟迟未婚，山田为稳住小王，就把他介绍给独女户柴师傅，做了柴师傅的上门女婿，也许是该小王时来运转，刚入赘柴家，把户口迁入柴庄，柴庄便开始城中村改造，每人分了100多平方米的高层楼房，又外加十几万元的现金补贴。这个可够山田君吹牛了。直接对小王说：不是我作媒，第一你还是光棍一条，第二你还不名一文，是个流浪汉。小王日后提到跳槽或稍有不敬，山田便数落小王一通，小王也只是苦笑的份儿，又奈何不了山田君。

山田君对待雇工还行，只是缺乏耐心，他给雇工做饭，可以用简单粗暴四个字来形容。他喜欢买大白菜给工人吃，一来便宜、省钱，二来清理和炒制方便，他常常剥一层外叶，放在水龙头下冲洗一下，然后一刀去根，再二刀切成三段（小王对外人讲，山田切白菜，从来都是三刀，于是"李三刀"的绰号便诞生了），即下锅炒制，说炒制好听些，实际是煮白菜，加一些食用油及盐和十三香，饭做好他很少吃，他总推说不饿或闹肚子，然后开着他那面包车到饭馆吃香的喝辣的了。

山田君的加工厂因为拆迁搬了好几次，但小王一直都不离不弃，一来他对山田有报恩之意，二来山田待他也不薄，他也没有离开的理由。后来据说山田换了辆豪车，但依旧咋咋呼呼、依旧风风火火。

杨 一 天

　　杨一天在农村算得上是一个传奇人物。20世纪六七十年代,他的父亲因地主身份而多次被批斗,终因忍受不了而失踪,从此就再也没有音信,杨一天和哥哥及姐姐伺候着苦命的妈妈。后来姐姐出嫁,哥哥没有结婚成家,传宗接代的任务就落在他的身上。

　　杨一天虽然只有小学文化,但在当时农村,也算得上是一个文艺青年,会唱鼓儿哼,还卖过老鼠药,头脑活络,会说话,说起话来低声细语,还瞅着对方微笑着,给人的印象特别亲切,所以很有人缘,找媳妇不是什么大问题,他在三十岁时找到一个叫大册的山里姑娘,大册长得浓眉大眼,个高腰细,杨一天对她爱护有加,连看她的眼神都充满柔情蜜意,对她每次都是先笑后开腔,谁知幸福不长久,大册在结婚一年后因难产大出血离世了,留给杨一天一个嗷嗷待哺的男婴,杨一天伤心了很长时间,给儿子起名为钢蛋,以防老天再来招惹家人。

　　三年后,杨一天又从外地娶了一个小名为大春的媳妇,大春的前夫因车祸身亡,身后留有子女,个高腰粗,不知是因为年龄偏大还是其他原因,跟着杨一天多年也没再生育。但大春对钢蛋如同己出,钢蛋也认她,直叫她妈妈。大春性格开朗,说笑时常常露出几颗金牙,她几乎没干过重活,最多种一点菜自用,也许是杨一天心疼她吧,但有杨一天这个手艺人,常到集市上卖鼠药挣钱,晚上又常被请到其他村子唱鼓儿哼,养活大春自然很轻松。豫西南一带,在20世纪七八十年代很流行鼓儿哼,因当时农村几乎没有什么娱乐项目,电影也是一个大队一个月才轮到一次,因此对鼓儿哼就很有需求,常常有人来请杨一天,报酬也不算多,一个晚上三个小时左右,除一顿好吃好喝外,给称五斤小麦,后来改革开放,粮食亩产提高后,一般一晚上的报酬为十斤小麦,这在当时已经不算少了。

现在我们知道大春为什么不需干重活了,因为她的命好,下半辈子嫁了一个能挣钱的男人。

再说钢蛋转眼成人,已到20岁的年龄,虽说人生得黑,但却机灵聪明,没上好学就在家务农,很快被同村一人家看中,并将闺女嫁给钢蛋。虽说同村通婚的很少,但也出了五服,没有禁忌。钢蛋的媳妇长得小巧玲珑,生第二个闺女时,奶水偏少,钢蛋下河捞鱼,想熬鱼汤给媳妇下奶。那时正值七下八上汛期,河水暴涨,水性颇好的钢蛋在一次下水后再也没有上来,村人发现时已经过去好几个小时,人们往下游几里地也没找到钢蛋的尸首,最后竟在上游二百多米处被找到,因那个河道有回水窝,就是河道中间的水向下流,而靠岸边的水向上流,钢蛋就这样还没过二十五岁生日就到阎王爷那里报到,钢蛋这一响当当的名字也没保佑他长寿。

杨一天的儿媳在把小闺女抚养至周岁后,一天哭着对杨一天和大春说：爹呀妈呀，我很感激你们二老对我的百般照顾，但我还不到二十五岁，还得嫁个男人有个依靠。现在二妞也满周岁了，把两个妞交给二老我也放心了！希望二老能理解我，但我保证我永远都是两个妞的妈，我改嫁后也认她们，照看她们长大成人。直说得杨一天和大春老泪纵横，涕流不已。

很快杨一天的儿媳改嫁到邻村，那时的农村女少男多，再加上女娃子在城市打工后眼界开阔，不愿再回农村，有才艺能力的姑娘都嫁给了城里人，这样更加剧了农村的光棍数量，一个六七百人的自然村，有一二十个光棍是很正常的。

后来出现了令人羡慕的一幕，就是杨一天常戴着礼帽，留着长长的花白胡子，骑着电动三轮车带着老婆和两个孙女天天赶集，因为不缺钱，小日子过得挺舒坦，时不时还有唱鼓儿哼的朋友来杨一天家里唱几句，也算是切磋技艺。虽然现在已进入网络时代，电影和电视剧都可以随时在手机上观看，但杨一天仍是嗓子痒忍不住哼几句。

后来，杨一天得了半身不遂，鼓儿哼也唱不成了，人们可以看到村里的街道上杨一天活动的蹒跚身影，那是他在努力锻炼恢复身体，大春时常在一旁笑眯眯地看着，专注而又平静，像是在欣赏一件艺术品。

小八子

  小八子在叔伯兄弟中排行老八，于是人称小八子。他初中毕业后便回乡务农，家居伏牛山余脉，地少山多。本来乡里分给他一个小山丘，可以开采大理石。但随着国家环保政策的收紧，政府不让再开采山石了，小八子也没什么事可做。小九已在外娶妻生子，母亲一人在家务农，山地不多，只有二亩地，她一人忙得过来，不需要别人帮忙。

  小八子中等个子，平时不怎么言笑，可能是与家庭出身有关，父亲早逝，家里压力大，好在九弟有出息，学得一门谋生手艺。反倒是他做为家中的老大娶不到媳妇，小八子有时候想起这些事情，也会无奈地浅笑，传宗接代有老九，自己反倒没任务了，可母亲一天到晚唠叨他该娶媳妇了，说你弟老九家的闺女都上幼儿园了，你还是光棍一条！你出门到南方吧，给我领个媳妇再回家，家里这二亩薄地，我还能将就种着，反正够我吃喝了！就这样小八子被迫到东莞打工了。

  现在的东莞虽没前些年人多，但生产和生活条件比北方要好得多，连很多要饭的都来这里乞讨。很快小八在一家电子厂安顿下来了。

  小八子初中毕业，想在电子厂干得风生水起也不容易，好在他不去瞎想这些，只是考虑挣钱娶媳妇罢了。车间主管是一个四川女子，这个川妹子泼辣能干,但摊上一个好逸恶劳的男人,把家里钱财都花完了,今年刚离婚。主管叫王小溪,年龄比小八子大3岁,长得青春靓丽,眼大苗条。小八子特喜欢听她讲地道的四川话,她讲起话像打机关枪一样突突不停,听起得舒服过瘾。一天下班,小八子看到小溪一人在寝室喝闷酒,就凑过去蹭口二锅头喝。他俩就着一包干花生和一小碟榨菜,开喝起来。本来小溪已下肚三两,两人很快就喝干了一瓶,小溪大约喝了七两,小八子喝三两。小溪早就知道小八子老实憨厚,不自觉地说到自己离婚了,还有一个3岁小闺女由娘家养着。还问了小八子的属相,她比小八子大3岁,已经33岁了。最后她趁着酒劲问小八子:兄弟,如果你不嫌弃我比你大3岁,还拖个酱油瓶。你愿意和我一起过吗?小八子一下子不知如何回答,只是说,这太突然,容我想想,明天回答你,小八子趁机折到自己宿舍。

他很快征求了母亲意见,母亲喜出望外:傻儿子,这种女人受过婚姻打击,一心想找个老实男人做依靠。你大胆地应承下,妈敢保你一辈子有福享!

就这样小八子有了老婆,为了节约房租,他俩还干脆合住一起了。两人相约,春节先回四川再回河南,见过双方父母后,就拜堂成亲,并商定让小溪的闺女去河南陪小八子的母亲,并在河南上幼儿园,两人约定再在电子厂干两年,等闺女上学时回河南创业,也好陪陪老母亲和闺女。还商定再生两个孩子,三个孩子在一起也热闹。现在小八子已经开始和闺女视频聊天了,他说春节要给她买好多的玩具和好吃的,并鼓励他喊爸爸。闺女小小真的喊他爸爸了。小八子幸福得流下眼泪,巴着早点见他的"闺女"!哎,还有两个月的时间呀!日子真是既短暂又漫长啊!

王老师

大约在 2014 年我在一辅导班认识了王老师，王老师对孩子们很有耐心，除了有渊博的知识，还有一颗仁爱之心，我从没见他和谁急过或红过脸。他有清瘦的身躯，可能是消化和吸收不好，他的饭量也很小，整个人看起来像个道士，有道骨仙风的味道，他的形象不用我拍照，各位看官上网百度一下末代皇帝溥仪就知道了，他和溥仪长得一模一样，连他自己都说简直太像了。

他教语文，河大中文系毕业。专业知识扎实，他喜欢买书和看书，他对世界上各大诗派的代表作都研究过，得出一个结论：无论国内外，无论什么流派，若是不接地气，没有真情实感的都不是好作品，也不会成为名作名篇而流传百世。

我是因为他辅导我儿子语文认识他的，后来他来过我家里辅导过，我也多次带着儿子去过他家里辅导，也多次在他家吃饭，他比较喜欢下厨做菜，我记得有一天晚上，我按他的要求买来菜，他主厨。不到一个小时他做出四道菜，菜味道还真不错，但他像鸟吃食一样吃得少。我俩就这样一来二去成为朋友，再加上我也喜欢写点东西，喜欢舞文弄墨，和他有了共同的话题。

他辅导孩子们的语文有个特点,喜欢依一个点展开,向四面延伸。例如讲《出师表》,他先给孩子们讲三国时期的三足鼎立,讲魏蜀吴的相互关系和矛盾变化,还和《三国演义》结合起来,学生们了解了当时的社会背景,才能加深对课本和人物的更深、更好地理解。有点像中医的辨证治疗一样,不是头痛医头、脚痛医脚的西医疗法。

近年来他总是一有空余时间就往寺庙里跑,以享受不受别人打扰的宁静。他有了出家的冲动,他在深层次探索人活着的价值和意义,他似乎家庭观念弱,不大喜欢有老婆和孩子的家庭生活,他甚至考察过多个寺院和道场,结交了几位高僧,准备在合适时脱离喧嚣的尘世。人各有各的追求和活法,由他去吧!

小 青

  小青今年七十多岁了,头发几乎全白了,个头约有一米六,体形偏瘦,她一生中体形似乎从没改变过,体重九十多斤,弱不禁风的样子,然而她一生却干着七尺男儿干的工作。她是农村人,新中国成立后,小学毕业后务农,小时候眉清目秀,苗条利索,在农村算得上一个好姑娘。但命运却和她开了个玩笑,自从她嫁给一个疑似文艺青年王满银(和《平凡的世界》里的王满银一样,是不务正业的农村破落户),独特的一生便开启了。

  王满银倒不贩卖老鼠药,他不愿干繁重的农活而跟着走江湖的人学会了吹唢呐,学会后便不干其他事,只喜欢跟着"响器班子"(有鼓、锣、笛、大弦、二弦、喇叭等乐器)走街串巷,在农村办红白事,都离不开他们。而王满银是响器班的大拿,他得到的工钱也比较多,每次除了吃喝,一天下来可净落二百多块钱。虽说不算多,但毕竟使王满银有了零花钱,至少想买包香烟过过烟瘾还是够用的。

  满银似乎更关注吃吃喝喝,而不在乎住处的好赖,他家祖传的一间房又高又奇,奇的是只有一间(在我的农村记忆中,一家人挤在一间房的真是不多,虽说那时吃成问题,但农村宅基地宽,不论好坏,盖三五间房是很正常的），20平方米左右，当时在农村也算上是很差很小的住房了。说来也确实好笑，满银为了怕耕牛冬天受冻，就在这一间外又搭一间牛棚，还在墙上打了一个方孔，让牛头能伸进来，把牛槽放房间里边，这样方便照看和饲养老牛。只是老牛可开了眼界了，一家人的生活尽收眼底，能看到满银别出心裁设计的错落有致的吊床，人和牛和睦相处，暖意融融，吊床在不同方位、不同高度荡来荡去，真是生活中处处充满浪漫。总之，满银是一位奇才，怀才不遇，被埋没在穷乡僻壤，幸被小青慧眼识英才，照顾满银体贴入微，就连脾气不好的满银都再无一句怨言，直对邻居朋友说："也不知是几辈子积的福，才换来这么个百依百顺的媳妇，我就是再坏了良心也不能对不起媳妇。"

小青也喜欢会哄人又有才气的满银，小青想：满银不想干就算了，他的心思不在干农活上，他有才能办大事。小青学会吆喝牛，当上了牛把式（南阳人称牛把式为：掌鞭），还学会开拖拉机犁地，甚至学会了搭麦秸垛，她搭的垛又圆又瓷实，从来没有垛倒过，几个邻居男人都自叹不如。而小青在干着活的时候，满银在品茶、下棋、侃大山，小青也从没有骂过满银，甚至还抽空给满银烧好茶送过去，满银开心地享受着，连邻居都习以为常见怪不怪了。小青一直认为满银就是天上的文曲星，自己能嫁给人家算是高攀，人家不嫌弃咱，咱多出点力又算点啥哩。两三个孩子也是如散养的羊一样自由散漫，上学时想上就上，不上也不会挨揍。一次王满银还偷偷跑到学校看孩子们都在干啥，连着去了三天。反正满银在家也一样没干过什么活。小青则一心地爱着这个家里的每一个人，不论他们学不学习和干不干活。无条件的爱滋润着孩子们的心田，他们虽无太大的上进心，没人考上大学，但他们心地善良，均无不良嗜好。他们心疼自己的妈妈，从小便知道体谅妈妈的辛苦，主动帮妈妈干些农活和家务。

也许小青对男人对孩子们的教育才是世界上最为纯洁的爱，不掺杂任何要求。如阳光一样温暖着自己的小家庭，既让爱环绕他们，又不被她的爱限制了自由。最终使他们在爱的温暖中，悟出自己的思想和使命，如动物们的教育一样，用实际行动影响着下一代，下一代看到他们的上一辈在干着什么，就像鸟儿们能无师自通建造出一个个安全舒适的安乐窝，我想部分原因是他们从小就看到父母们的劳作和艺术创造，才逐渐掌握了生存的必需技能。

小青的爱是无私的爱，她的教育方式便是无声的教育，如春风化雨滋润万物，默默地影响着他人，从来不要求他人去干什么，他人只需享受她的爱就可以了，别人也许认为这样苦了小青，但小青却满心欢喜毫无怨言，这就是世界上最伟大的爱：无私的爱，不求回报的爱！

小青的故事还在继续，她没有什么学问，却干着世界上最伟大的教育事业，她无所索取，甘愿用自己的光和热去点亮他人的生命蜡烛。她用生命诠释了什么是真正的大爱。

我的巧云奶奶

我和老巧云住一个村，且相距很近，中间仅相隔两户人家，论辈分，我该叫她奶奶，但平时人们在背后叫她老巧云，也不知她姓啥，她整天笑眯眯的，今年80岁了，背早已驼成"7"字形，虽然满头银发，却满面红光，由于勤劳，气脉通畅，所以手总是热乎乎的，也从没见过她愁眉苦脸，似乎她从没有烦恼。

刚改革开放时，她家开了一个豆腐坊，就是在家里放一石磨和一些制豆腐的设备，自家人动手做豆腐卖豆腐。通常情况下一斤好大豆能出四斤嫩豆腐，但她家一斤豆子只出三斤老豆腐，当时人们刚刚在温饱线上，只想买一些实惠的东西，她家的豆腐就尽量榨干水分，做成用秤钩勾起来的豆腐。当时人们把这种豆腐称为"砖头豆腐"，意思是说硬得像砖一样的豆腐。因为质量好，口碑好，所以她家的豆腐很好卖，卖豆腐一般都由巧云奶奶的丈夫朝富爷去完成，往往是进了别的村庄，就由那个村的热心人接过挑子并主刀给分了，由于信任，朝富爷也不用上前动手，只是蹲一旁抽旱烟。不到一小时，大约五十斤豆腐就卖完了，然后当地主刀的人便把卖豆腐的钱都交给朝富爷。因为，他每天做的豆腐几乎都是一板豆腐二十五斤，一次担两板，五十斤，一斤四毛钱，正好二十元左右。当时一斤质量好的黄豆一元钱，做五十斤老豆腐需近十七斤大豆，五十斤豆腐只赚三块钱。但他每天至少做一百斤豆腐，可以赚六块钱。当时一碗肉丝炝锅面才二毛五分钱，现在一碗已涨到十元钱。所以当时六块钱也就相当于现在的240元，已经不算少了，况且她家是天天做，除了下大暴雨，几乎天天不停歇。

每逢小年腊月二十三，除了有人定制豆腐外，她家就不再对外卖豆腐了。而是对于我们同一个生产队的人家开放生产线了。当时我们生产队过年时家家户户都有做豆腐的习惯，实际上是托了巧云奶奶家有制作豆腐设备的福。往往是巧云奶奶把各家制作豆腐的时间排成一张表，其实她本人并不识字，但她记忆力超好，能记清楚各家制作豆腐的时间。我们去做豆腐时，她和朝富爷不厌其烦地在旁边做技术指导，包括放多少石膏（那时都是用石膏点豆腐）以及该放多少水和挤压的力度。那时刚出锅的热豆腐脑是现在无法比的，白且细腻，入口光滑无碴子，虽不放任何调料却自带香甜味，不像现在的豆腐脑主要靠调料来调味了。

十几年前，朝富爷生病，走不了路。我只是在大年初一早上去给他拜年才见一次，他坐在正间靠墙的火盆前，热情地招呼着来客烤火吸烟，但从没见他站起来过，在去世的前两年因为常年不与外界接触而产生很多怪异的举动，他故意屙尿在床，还对巧云奶说：我多活一天，你多照顾我一天是你的福气，前年冬初他死了，巧云奶奶在料理完丧事后,一如既往地照料着两个儿子家的三四个孙子,也看不出她有什么悲伤,她似乎在说:"他受够了罪,早走早安生吧。"

冉　娃

冉娃是我小学时的同学，全名叫李冉，他家就在我上学的路上，且是必经之地。

在小学一二年级时，他学习成绩较差，其实当时我学习也不好，我记得当时成绩好的都是女同学，我们的一个女同学叫许英，聪明早慧，是我们的小老师，她总是在老师教过几遍后就会了，然后她再举起教鞭教我们这些顽愚不化的蒙童。冉娃仗着家庭条件优越和身体健硕，平时喜欢欺负别人。当时老实又胆小的我成了他欺负的一碟小菜，他威胁我说，下午下课后见到我就要揍我。我当然害怕，因为他家是我放学的必经之地。我实在没办法，又没人可以商量，就只能少上下午最后一节自习课，提前沿着河道回家，目的是绕过他家住的地方。过了一两个月，我才和我的父亲说起此事，父亲就给我壮胆说："不要怕他，你可以给班主任说，班主任会给你撑腰的。"一番鼓励的话让我信心大增，我并没有和班主任提过此事，但自信心增加了，也不再怕他。他好像也没有揍过我，终于我的一块心病被治愈了。

后来成年后我到外地谋生，一次过年回老家，到了我们村的大王庙游玩，碰到冉娃带着一帮兄弟在放鞭炮，据说是发财后来到大王庙还愿的。他买了一大盘在当时是最大尺寸的鞭炮,噼里啪啦燃放了很长时间。然后在一帮小弟兄的簇拥下扬长而去。

又过了大约两年,听说他犯罪被刑拘。他是带着几个小兄弟在拦路抢劫时恰巧碰上便衣警察,当场被抓,在审问时,他还供出贩卖过假钱,数罪并罚,被判处十几年有期徒刑,从此我不再羡慕他的风光了。也许是从小的霸道害了他,但愿出狱后的他能改邪归正,重新做人!

江小白

　　江小白今年近50岁了，一个人领着两个儿子一个闺女顽强地过日子，不靠男人不靠亲戚朋友的帮衬。儿女个个知书达礼，如今已各自上完大学又有了工作，大多到了谈婚论嫁的年龄。

　　小白的母亲也是有学问的人，因为出身不好而被迫嫁给根正苗红的父亲。小白的婚姻几乎是母亲的翻版，但不同的是母亲的运气好，父亲虽无学识但心地善良，而且待母亲如公主，捧在手里怕摔着，含在嘴里怕化了。但小白在婚姻的赌博中运气明显不好，在有学识的母亲的亲自导演下，打着"女大不中留"的旗号，把小白嫁给一户经济条件好些的人家。缺乏对人品考量的择婿方法害了小白，小白自嫁给那个富家子弟便没有过几天消停日子，除了晚上无休止地蹂躏，白天便是三观不合的对立，而晚上的蹂躏似乎又是对白天不能征服的报复，那小肚鸡肠的男人想：反正你是我老婆，到了晚上你得听任男人摆布！以至于小白盼望白天再长一些，晚上不要来临。四年里，小白生了两男一女。而目光短浅、胸无点墨的男人竟觉得玩弄够了小白，又勾搭上另一个姑娘，直接离家和那姑娘同居了。

　　小白刚开始哭了一通，怨自己命苦。但旋即意识到自己解放了，再也不用伺候那个不属于自己的男人了。她独自坚强地带着三个孩子，顶着世俗的偏见和众多不怀好意的男人的目光，凭着勤劳和善良及对孩子们学习上严格要求，让孩子们一个个考上了大学。孩子们也感同身受了母亲的艰辛，十分听话并认真学习，在学习上没多让妈妈操心，再加上小白的文学功力深厚，耳濡目染的儿女也很能写文做诗，文学和历史等都学得轻松自如。如今，孩子都远走高飞了，江小白一下子觉得孤寂了。是呀！她该为自己谋幸福啦，但找一个两情相悦的人又谈何容易？她一方面期待和一个心地善良的男人白头到老，她甚至暗暗发誓：只要对方对我好，我一定好好伺候他，我可会伺候人啦！一方面又因不幸的婚姻留下的心理阴影太重而害怕走再次走入婚姻，谁又能帮她呢？

王老大

　　王老大膀大腰圆，身高一米八，今年三十多岁。在村里不种地而以拉棺材为生。主要生产工具为一台半旧的带拖斗的拖拉机，上面自焊一悬臂手动葫芦，装卸车方便多了。

　　因不太会说话，王老大常和人闹些别扭。一日送货上门，人家只要一个，他送去两个，还对人家说，你们多买一个吧，也好有个准备。这一番话招来一顿暴揍。不过，令王老大感到人间温暖的是：虽说挨了一顿揍，但对方并不赖账，钱还是一分不少照付了。

　　王老大现一个人住在村里，老婆因嫌弃他傻且没钱，就跟一个有钱人跑了。父母因打工长年在外，甚至过年也不回来。平时王老大早出晚归，把家当成一个歇脚的旅店。

　　一次，因送货撞倒一个农妇，他把农妇送到医院后，谎称回家拿钱而逃走，然后消失得无影无踪，他还在自家大门上写了一句：本大侠外出一游，没事不要造访三宝殿！那农妇的家人来找他，恨得牙痒痒，没见到王老大，倒看到王老大门口的留言，还三宝殿呢，呸！说是狗窝还差不多。

　　两三个月后，在一个大雨天，王老大回来了，只见他蓬头垢面，头发长及肩膀,两眼红肿,嘴角还有饭痂,说话有气无力,邻居问回来还走否?他大手一挥,说:天下之大,容我匹马单枪,男子汉大丈夫,四海为家!邻居又问:"你撞人送医院后,为什么逃跑呢?"他无奈地回答:"我没有那么多钱,我已经倾尽所有了,我怕再拿不出钱,就得挨揍,所以才三十六计,走为上策哩!"

王老大的生活还在继续,他就是这样一个人,貌似坚强,但抗压能力差,这种人在农村普遍存在,虽不代表社会主流,但又为数不少。想模仿英雄大侠,却在应该挺身而出时溜之大吉。笔者也只能感叹:哀其不幸,怒其不争了。

文学青年小王

小王从小就喜欢写文章，并且小有成就。小学五年级就在《躬耕》杂志上发表了两个豆腐块。同学和老师们一时把小王捧上了天。一时间小王被鲜花和掌声所陶醉了，有些像"墙上芦苇，头重脚轻根底浅，山间竹笋，嘴尖皮厚腹中空"，最后飘飘然失去了方向，由于那时小升初还得考试，他数学太差，仅凭作文写得好也无济于事，因为当时作文只占语文总分100分中的40分。小王小学毕业就回家务农了。

因为一直有文学梦，喜欢看小说及传奇故事，小王几乎把能在村里找到的书都翻看完了，甚至还研究过手相及算命的书。后来逐渐靠看手相和给人指点迷津在十里八村有了名气。

转眼已是二十出头，到了男大当婚的年纪了，后来一个打小就对有着小聪明的小王眉来眼去的邻村姑娘嫁给了小王，小王自结婚后又开拓了红白事写对联和写追悼词的业务。写追悼词其实都是套话，开头都是"某某仙逝，如晴天霹雳，举世震惊，国失栋梁，家丧主将"，所不同的是把年龄性别名字改一下，最后是"生得伟大，死得光荣"，其实很多人生得平常，死得痛苦。这些话让死者家属听了，常常哭笑不得，不知所措。好在加上小王那有些沙哑的公鸭嗓音，听起来确有悲壮肃穆之感，令人很是难过，反正效果达到了，办丧事也就那个氛围。

在农村人们把小王的营生称为"巧要饭"，即叫花子。农民再穷也看不起小王这样巧要饭的人，认为他们这些人不想出力干活，属于游手好闲的之辈。

小王天生就是干这行当的，个头不足一米六三，即使把他放女人堆里也算不上高个，加上没力气更不愿出力气，家里的农活基本由老婆打理，好在他有耐心和学问，两个孩子都由他辅导，孩子们也争气，成绩一直很好。小王常被十里八乡的人因为红白喜丧事而拉来拉去，除了酒肉招待，临走都有封子（相当于红包）相送。最低起价一百元，上不封顶，也遇上过家里有从大城市回来奔丧的有钱有势的人，一次给一两千的都有。后来遇到有钱人，小王就表现得特别大度，只说随便给，但心里却想着总比二百多吧！这正是小王的聪明之处。真正遇到没钱的，白事最低不少于一百，红事不少于二百，由于坚守红线，所以几乎没出过差错。他还和打墓人及丧葬品批发联合起来形成一条龙服务，这样相互推荐相互揽活，再加上喜事主持看相算命，一年下来收入不下二十万元，在这经济不发达的农村已属高收入了，以至于很多在外打工的人都羡慕小王在家挣的钱比他们出门在外挣的都多，有人还把孩子送到小王家当徒弟，小王又至少一人收一万，还外加酒席、礼品。

一天我的一个同村大学毕业在省城工作的发小，问小王一月能挣多少，小王伸两个手指，发小说是两千吧，小王很自豪地说两万还要多。发小不再说话了，他高级职称一月才挣一万多。

这就是农村的现实，这就是现实的小王！

创业者之歌

小可来到中原市已经半个多月了,身上剩的钱越来越少了,他没敢住酒店,好在8月的天对于一个温带地区的城市还是够热的,在外边将就一下也冻不着。他突然想到奶奶说乞丐"宁向南跑一千,不向北挪一砖",无奈地笑了!

小可本来考上了中原大学,就在本市。因家贫无力交纳学费,又因是绘画专业,高昂花费对家境贫寒的小可来说难以承受,所以一年之后小可选择了辍学。刚辍学时还能在寝室过夜,时间一长便被机警的管理宿舍大妈给赶出来了,小可本还可在校蹭几天宿舍,但终是面子过不去便离开了学校,走出校门走上了真正的社会。

小可前几天到一个广告公司上班,因为没有过硬的专业知识和经验,仅凭一点绘画的技能还是不足以谋生的。所以很快就被辞退了!

小可走到一大桥下,用粉笔画了一幅日出东海图,震惊了过往行人。小可从小就喜欢在地上用树枝画出自己心中的图画,没人教他,也没人知道究竟为什么他喜欢画来画去,也许天生喜欢吧,他画过后心里舒坦,每次看着自己的大作,心里惬意极了。

小可后来到了建筑工地从搬运工和和泥小工始,一路做到了大工,组长。终于有一天他发现了大楼效果图的错误而名声大振。公司老板安排他去进修,他去了不到半月便回来了,原因是他总喜欢拿铅笔画,而老师是用电脑画。他一下子没了灵感,便什么也画不了。老板没办法,就只能由着他的粗犷作风,甚至给他配了一个会电脑绘图的小姑娘,由小姑娘去完成从铅笔画到电脑画的工作。但小可看到电脑画,总是摇头,至少他觉得那已没了铅笔画的灵魂了,只是冰凉的线条,没了人为的感觉和气息了。

终于有一天,小可辞了职,回到了老家,教孩子们绘画,他坚持不收穷人家孩子的费用,有一天,人们惊奇地发现,他在悬崖上画了一幅摩天大楼,如海市蜃楼般的梦幻,与山与周围的环境交融在一起,小可也被这种宏伟蓝图所震撼,因为画得太逼真完美了。

小可再也没有去城里的欲望了,只安心于山水与绘画了!

山娃和二叉

　　山娃在村里西北角住，几乎在每个村的西北角都住着一家破落户，村子的西北犹如祖国的大西北一样荒凉，我猜那大概是冬天来自西伯利亚的风太大了，所以把村西北角的房子都吹得七零八落，有钱的人家都搬村里住，只剩下没钱的人家替整个村子抵挡怒吼的西北风了。

　　说起山娃的来历，村人都说他是"空降兵"（农村又叫"带兜娃"），即是他妈妈带着他嫁到村里，给大犟做了媳妇，三十出头的单身汉一夜之间，又有老婆又有儿子，简直就是跑步进入共产主义一样，一下子完成了别人几年才能完成的任务。但是说来也怪，大犟的媳妇二叉没能给他生上一男半女，也不知是哪个环节出现纰漏，总之二叉来了三年，肚皮都不见动静，大犟大哭一场后就不再在意有无亲生儿子，于是视山娃为己出。

　　山娃个头只有一米六五左右，皮肤黝黑，长着一副国字脸，胡子拉碴的。一直到二十八九岁也没讨到媳妇，论起原因，除了个矮、肤黑、家贫外，还有一点就是他的妈妈名声不好，常与邻居因琐事发生口角，他妈妈操着浓重的山音，还有一个绝活是拍着屁股跳起来骂人。一次，她家的一只下蛋母鸡丢了，也许是鸡叨别人家的庄稼苗被药死了,但她认定是被哪个邻居给煮了吃了,于是大怒的二叉从村的西北角骂到我家所在的东北角,骂得鸡飞狗跳鸭鹅叫,我被叫骂声吸引了出去,只见二叉手拍屁股,然后在跳至最高点时,右手平伸,用中间三个指头直指正前方,同时大骂"我日你娘",虽吐字不甚清晰,但我们一堆小孩都听懂了。后来我的一个堂哥,就把这种语言与肢体动作高度协调的骂法称为标准的"村骂",他还连着模仿了十几次,动作虽标准,但滞空时间太短,和身强体壮且训练有素二叉差得太远,往往一句"我日他娘"说不到"娘"字就落地,总觉得姿势不够霸气,本想与二叉就"村骂"的姿势是否标准而一决雌雄,但我们几个小伙伴劝他,你去和二叉比,一来可能直接挨二叉一顿胖揍,二来就是人家二叉和你比,二叉也一定稳操胜券,我那争强好胜的堂哥想了半天也只好作罢。

后来山娃去南方工地打工挣钱,不小心从脚手架上摔下,所幸的是,山娃从小身手敏捷,他在快着地时抓住一根立柱,但不幸的是他摔断了左腿,居然与他爹大犟一样摔断左腿,所不同的是,他爹大犟是为生产队干活摔的,除医疗费生产队全包外,又给他补助一百斤麦子,外加两斤小磨香油。在当时这些基本是两个人半年的收成了。但山娃除换来了医疗费外,还有一笔五十万的巨额补偿。在2010年前后,在落后的农村这笔钱至少够盖五座两层小楼。于是山娃因祸得福,一个头比山娃还高出一指的大黄花闺女送上门嫁给他,还不要彩礼。这时再也没人嫌他个矮皮黑。他在村里的地位也一下子高了很多,前年大年初一在村里的小道上,我和山娃因相互走动拜年遇上,一瘸一拐的山娃见了我,拉住我不让走,一定要给从不吸烟的我点上一根"红双喜"软盒香烟,还说,以前没钱没法感谢我,说我以前没有嘲笑他,还帮他找过媳妇,现在他媳妇有了,孩子也有了,该谢我一下。我一生中破天荒地抽了一口烟,同时也因受到尊重而乐不自禁了。

后来又回老家,得知他父亲大犟不在了,母亲二叉也不想连累山娃而又改嫁了一家。此后山娃过上了老婆孩子热炕头的小康生活,同时又当上了红白事协会理事长,在队里受欢迎得很。

山　花

　　山花18岁从陕西安康的大山里和17岁的妹妹一起嫁到河南,说嫁到河南可能好听一些,实际上是被人拐卖到河南,山花长得水灵,圆脸盘又天生双眼皮,还有一双会说话的大眼睛,很是惹人喜欢。

　　女大当嫁是女人的命运,况且姊妹俩父母早亡,也不能总寄居在二伯家,嫁就嫁吧!领姊妹下山的亲戚还是有良心的,一共使了两个男方六千元左右,但姐妹俩除了从安康到河南的路费和吃喝外,没有落下一分钱。不过,山里人知道勤劳致富的理,嫁给我家邻居也是我小时候最好的玩伴小国,山花如山野的一枝花朵,尽情地绽放出活力四射的美丽与坚韧,婚后撑起一个家,撑起一片天。

　　小国的哥哥和姐姐们早已成家。父母在小国和山花结婚后三年内,相继因病去世,小国和山花结婚后生的第一个孩子是个闺女,起名小新,有邻居就说,小新名字得改了,你看"吐故而纳新"这理,因接纳了小新才使老人连接谢世,小国一听有理儿,便和山花商量着给孩子改名字,因小新出生时正赶上院里丹桂飘香,干脆就改叫桂香吧。

　　山花嫁给小国后,一起和小国勤俭持家,本来住的是父母留下的老房,房子已太旧且属于土坯居多青砖点缀的老屋,他俩没经人指点,用勤奋弥补了这个缺陷。很快，新的三间主屋和两间厢房便建成了，村里人都夸奖小国娶了个好媳妇。

说起生产小新，不！生产桂香时颇为艰难，因胎位不正导致山花大出血，但毕竟山花年轻身体好，倒也没什么大碍，人啊，在生活中间，吃点儿苦有点儿磕磕绊绊又算得了什么呢？况且，山花从小在山里长大，身体棒得很，这一点磨难很快就过去了。接着翻修旧房，生第二个闺女。没生儿子成了山花心中的痛，她和小国说："不生儿子咱俩就离婚，我不想听邻居的闲言碎语！"小国也理解山花，说实话在农村体力活多，家里没男劳力真是不行呀，况且还有部分人在人后说某某绝户了，很是难听！于是小国和山花宁愿被罚钱也要生个宝贝儿子，并终如愿以偿。

山花生性要强，在给小国哥哥家盖房时过度劳累，累坏了腰椎，经常性的钻心腰痛是难以忍受的，她听信了一家医院的游说，做了手术，结果是病痛丝毫没有减轻，反而有加重之势，常常整夜睡不着觉，大小医院及偏方都看过、试过了，终于山花想到了死可以解脱痛苦，她先后跳河被人救起，手摸电源插头，也没如愿，后又听人说吃头孢喝酒可置人于死地，她便偷偷乘人不备，买了一大把头孢吃了，并喝下半斤烧酒。之后她就等死，但又被小国发现，胃灌肠后又被抢救过来。最后一次又是喝下偷偷藏起来的半瓶农药，后半夜被小国发现时，已经口味白沫了，小国叫上哥哥，拉着架子车把山花拉到镇卫生院抢救，卫生院检查后，便说病情危险和医院条件差，要求家人转院。家人便又叫了一辆救护车，送山花去县中心医院急救。

到了县中心医院，山花一连三天都没有睁眼。医生对小国说，救过来的可能性微乎其微，你们准备后事吧！但闺女桂香不忍心停止治疗，就对小国说："所有治疗费我一个人出，我不能没有妈！"又坚持输了四天液，山花竟醒来了。医生惊奇地说："我当医生十几年了，这种事情可是第一次呀！"命大的山花又可以在别人的搀扶下下床走路了，但腰仍然痛呀，只有她知道有多难受，她又一次向死神发出邀请，从医院病房二楼跳下，谁知又没死成，只是摔断了一条腿。老天爷呀！你怎么如此折腾一个可怜的人，但这次似乎因祸得福，经此摔打之后，原来两边后腰痛竟只有一边痛了，且疼痛没有原先厉害了，医生也解释不清原因，一次，我回老家时顺便看看山花，对她说："你现在还能给儿子做饭，他放学回来也好吃上热饭，小国也能安心出去干活挣钱，你不要再寻死觅活了，中不中？"她笑了起来："我终于想开了！我本想一死了之不给家人添麻烦，谁知却偏偏惹了麻烦，以后不再做傻事了，好好活着，看着儿子长大结婚，等着抱孙子哩！"

就这样，我的邻居又活了下来，并顽强地活下去。也许看官你会说我在编故事，但我说的都是真真实实的事呀！

张 三

张三，兄弟排行老三。住三间土坯房，家人早就没了，三十多年来一直孤身一人，寂寞之下，学会了听戏，就是趁着每天傍晚收工或雨雪天下不了地的时间，把宝贝收音机音量开得老大，在回肠荡气的豫剧旋律中打发孤寂时光，听得多了，以至于人们随便说出一出豫剧，他都能讲得头头是道，令人称奇。这正是肥料撒在哪块地里，哪块地庄稼就壮，张三虽小学没毕业，但并不妨碍他听戏且变成戏虫。

38岁那年，张三进山卖衣服。这次算是祖上庇护，时来运转，他领回一个有身孕的妇人，不管怎样，张三好歹有了个能传宗接代的媳妇。不久老婆就生下一个儿子，一年后又生下一个具有真正张三血脉的女儿。

张三老婆姓陈，人们都叫她老陈，无人知其真名。她虽说不成囫囵话，但脾气还是有的，一次临过年时，她闹着要穿花衣服，张三打她下手够重，但她还是坚持要，虽被打得鼻青脸肿却痴心不改，张三没办法只好从邻家要来一件八成新的花衣服。老陈穿上花衣服满村子炫耀，这正是：爱美之心人皆有之，老陈挨打初心不改。

张三因爱占小便宜加上心眼儿小，常和左邻右舍发生口角。和人吵架，每说一句，就吐一口口水，让人看着恶心，以至于村里几个泼妇都怕和他过招，其中一个泼妇就说："和张三吵架，一来坏了名声，二来看到张三的口水，就恶心得想哕（河南方言，吐的意思）。"

有一次，一泼妇和他打架，俩人一边对骂，一边摔跤，一会儿他在上边，一会儿又被泼妇压在身下。两人的衣服也撕烂了，后来是谁把他俩拉起来的就无人知晓了，只知道张三在打架后对别人说"好男不跟女斗"，还说："与女人摔跤，输赢都丢人！"

张三在六十多岁时得了一场重病，住院一个多月，回家还能在院里遛弯，也不像得死症病的样子，只是走路有些迟缓，也骂不动那个"死老陈"了，此时老陈倒是高兴起来了，脸上居然还泛起了红晕，因为她知道张三再也打不动，骂不动她了。

张三的死是谁也没料到的，他并没有死在重症上，而是偷吃邻村的红红的软柿子太多而被活活撑死的，据说临死前憋得一只眼大一只眼小，还口吐涎水，迟迟不肯闭眼，还是他儿子说："你放心地去吧，爹！家里事不用你操心。"刚话音落地，张三立马就合上了他那一大一小两只眼，驾鹤西去，魂归九泉。

王老六经商记

有人说：看了孙红雷主演的《潜伏》就知道了职场办公室的处世之道——人人自危，防不胜防。但若你看了下面的故事，你则更会为如同战场的商场谈之色变，唏嘘不已了。

王老六乃中原人，看名字也能看出来，家中至少兄妹六人，富不到哪里去，从小没穿过新衣不说，能吃饱没落下饥荒已经算是万幸了，刚至15岁就辍学到深圳闯世界，因干活不惜体力，脑子又灵光，很快就升职为主管，还得到一个漂亮川妹子的青睐，20岁出头就结婚生子，人生顺风顺水，但殊不知一场厄运将要降临。

他和老婆都省吃俭用，攒了十几万元，这笔钱在老家是可以盖五六套两层洋楼的，他大致算了一下这笔钱，比他们一个小村庄十几户的年收入加起来还多。他听信一个所谓能人的开导，说你不必回老家发展，要发展也只有在深圳发展才有前途，况且你在电子厂干这么多年，开个电子厂保你能发大财。王老六一听这话，觉得有道理，这个能人说，他有一朋友在香港开电子厂，由于在美国有大笔遗产要继承，急于把九成新的电子厂制作设备低价出手。王老六高兴极了，遂邀请港商到深圳洽谈。

很快港商到了，操一口流利的粤语，称设备系全进口设备，一年前价值一百多万，还是免税的。现转给你只要二十万，二折不到！王老六凭自己在电子厂多年的经验，特意问了一些较为专业的问题，港商都能一一解答，毫无破绽，并且拿出一沓设备的彩色照片给王老六看。设备确为德国进口设备，且至少九成新。王老六提出看货，港商满口答应，并说你带上现金，检货后付款，还热心帮王老六办了去香港的签证。在过边防检查时，港商对王老六说，他是香港人允许带大量现金，你是内地人，只能带一千元以下人民币入港。王老六没办法，只好照办。刚入关，港商就要去上厕所，王老六当时就吓了一跳，想着港商可能要携款逃跑，港商笑着说，他的包要王老六看管一下，王老六才松了一口气。

过了十分钟，不见港商回来，王老六慌了神，打开港商留下的提包一看，都是一些换洗衣服和日用品。王老六到警署报案，因不知对方真实身份和住址，警员虽认真登记但也爱莫能助。王老六当天就带着留下的一千元回到深圳，老婆知道后并未责备丈夫，反倒劝慰起来。这时才想起给那个中间能人打电话，但对方已停机，显然，那能人和港商是一伙的。

两口子本来打算回中原老家，离开深圳，但他们的事被深圳一个做冷库生意的老板得知，了解清楚王老六两口子的为人后，就找到老六两口子，说他要到中原投资建冷库，但找不到地方。若王老六能找到合适地段，只收取前三年的冷库租赁费用，以后冷库归王老六所有，并不需王老六一分钱投资，另外王老六还负责修建冷库，土建及安装工程也全由王老六负责，合理利润也交给王老六。

王老六夫妇迅速回老家和当地政府协商，冷库很快选址开建，半年时间全部建成并投入使用，由于周围几县在当时都没大型冷库，热天需大容量的冷库存放肉类和果类。一年后就收回成本了，后两年深圳老板赚得盆满钵满。而王老六夫妻也实踏实地记着进出账，深圳老板也深为信任王老六夫妇，一年只来两三次察看生意，每次来还带来一大堆南方特产表示感谢。

三年后，深圳老板如约把冷库转给王老六，王老六深知机会来之不易，小心经营生意如同照看儿女，很快成了县里的著名企业家。因栽过大跟头，超过自己能力范围的事不干，本本分分、平平稳稳地干了七八年，还被推荐为挂名科技副县长，县里开成功企业交流会，让王老六讲成功经验，王老六就想到了那个可恶的港商，但即使不是那个港商，自己也还会上别人的当。所以他就会在台上一时流泪说不出话，县里只好找一位熟知老王六后半段发家史的工作人员，冒充他的秘书，只讲后半段成功的经验，王老六想给大家讲一下江湖险恶，但又怕打击其他人从商的热情。他一直在纠结当讲不当讲商场中的暗流涌动及惊心动魄，但他终究没有给大家讲出来。而这一事也时时萦绕在他心间：是公开不堪回首的往事还是继续隐瞒，只有他媳妇知道他的痛苦。商场如战场啊！

老王堂

我不知道从何时起俺们村王堂就变成老王堂了,反正从我上初中时第一次听到王堂这个名字时,王堂的名字前就已加上一个"老"字了。我当时见过他两次,又黑又高,笑嘻嘻的,似乎对自己做过的事很是满意,似乎又对人间的一切毫不在意。

听村里人说,他本来是有兄弟的,但只因一次和兄长不和,一边和兄长说着话,一边磨刀霍霍。兄长听到了,顿觉势头不妙,翻墙溜走,逃之夭夭。他本来也是有老婆的,也是有一次两口拌嘴,老王堂笑着说:"今晚我杀了你才解气。"他老婆了解他这个野蛮男人"言必信,行必果",也是乘其不备,赶在天黑前逃回娘家,再也不回来了,从此老王堂过上了自己说了算的生活,连自家的鸡鸭狗羊都得百分之百地顺从他的意志,稍有反抗或迟疑,就"斩立决",绝不手软。

若你问我他咋会这个样子?你问我,我又去问谁?难道还要请心理专家来解读吗?不必了,真的不必了,芸芸众生,千差万别,他也许是天生习性或因过度自卑,感觉手无把持心无所依,反而因无安全感而激起了强烈的控制欲,即顺我者昌、逆我者亡的扭曲心态吧?

他有一次因为鸡不吃剩饭就主观认为鸡对他有意见,故意给自己难堪,于是顺手宰了那只连死都不知咋死的可怜的鸡。又一次,他的羊死活不吃沟边的草,老王堂认为家里唯一值钱的也就只有这只羊了,他压下火气,极为耐心地询问羊对自己有何意见?谁知羊非但不理,还把头歪到另一边以示抗议,老王堂再也难压怒火,一下子扑上去,扭断了一只羊腿,又掀起来,一下子把羊摔死了。然后背上羊回家,开膛破肚,把羊肉连同骨头剁了下锅煮了,羊肉未熟将熟时,邻居闻香追来,老王堂以为被人看了笑话,就一边破口大骂,一边把快熟的羊肉给挖个坑埋了,一口都没吃。

我第一次见老王堂,是从几十米外远远望见的,有人给我说这就是老王堂。第二次是他主动给我搭讪,笑着说小时候的糗事,说得很开心,以至于把唾沫星子都喷到我脸上,我当时也感觉不到他的好坏,他高兴得像一个孩子,也许他的心智还停滞在七八岁时,没有那么坏也没那么好,他只是一个行乐者,从小就寻一些好玩的事来开心。

但后来我又听人说他偷人芝麻的事,顿时感到他的恶的一面。一次邻村的人在老王堂村边的自留地割芝麻,人们用绳子把芝麻秆捆成直径六七寸左右的捆子,收割后因当天天黑不便拉回家,便决定第二天再拉。谁知此事被没事蹓跶的老王堂察觉,当天夜里,老王堂把三家割好的芝麻秆都扛到自家院里,第二天被人发现,敲他家大门时,老王堂因夜间劳累竟还在呼呼大睡,被人喊起,竟没有狡辩,只说你们看好,是谁的谁"恰"(河南土语,即抱的意思)走,一捆都不少。我亲戚因用的捆绳颜色是红色便很快挑出拉走,而另两家因都用同样的草绳而一时难以区分，最后两家把余下的芝麻捆拉走一半了事，而老王堂却说：我只是想让他们提高警惕，如今贼太多了！

后来，我到外地求学离家，再未听到老王堂的消息，直到有一天，听老家人说他死了，才想起老王堂一辈子活着的价值。他脾气太坏了，一切以自我为中心，以外界对自己绝对服从为标尺，不允许世间一切，包括鸡、羊对自己权威的挑战，又有偷窃的恶习。但我就是忍不住为他立传。要宣传他的"丰功伟绩"，还是为其高尚品德而歌功颂德？我觉得都不是，我只是忘不了他说起儿时趣事时那傻傻的笑，笑得很天真，笑得很忘我，真像一个童真烂漫无所禁忌的孩子！

也许人们早忘了他，而人们又有什么必要去记住对孩子们没任何励志作用的老王堂呢？但我总觉得他也是人，毕竟没有杀人放火，他肯定有善良的一面，而那善良的一面又是怎样的呢？

大　榜

　　大榜今年八十多岁了，中等个头，黝黑的皮肤，腰杆直挺，人们乍一看大榜，觉得他只有六十多岁。用精神矍铄和干练齐整形容大榜最为贴切。

　　小时候，我就知道有大榜这样一个传奇人物。一直以为他的外号叫大榜，因为我上小学一年级时，第一次见到他，当时他是因为投机倒把被绑着在各村游街示众，一个足有二尺高的圆锥形帽子戴在大榜头上，既滑稽又可笑，上面写着：坚决打击投机倒把。当时我不理解什么是投机倒把，我理解为"偷鸡盗耙"，就是偷了别人家的鸡和耙（碎土平地的一种农具），我这样理解浅显易懂又生动形象，对小伙伴们说了，大家都佩服我学识渊博。后来才听大人们说到大榜怎样到外地倒卖东西被遣返老家且受到批斗。当时他被五花大绑，游街示众，大榜十分配合，还时不时吓唬小孩子们，因此有相当多的小孩都怕他。后来他竟然成了吓唬小孩哭闹的一种符号，比牛魔王还管用，他常被村人看成和"黑老猫"（老家人想象的一种怪物）一样的东西。甚至一到晚上，小孩哭啼不止，大人一句："大榜来了！"小孩会立即停止哭闹。我也亲眼看到我的侄女被一句"大榜来了"，吓得钻到桌子下面，拉都拉不出来。大榜至少吓唬住了两代人，共计几十年时间，成了我们村里家喻户晓的传奇人物。

大榜一辈子没结婚，在人民公社期间，他常年一个人住在大队的机管站里，看护一台20马力的柴油机和抽水设备，机管站的柴油机因为要用水来凉却，所以又配套修建了一个两米见方的水泥池来冷却水，池子有一米多高。到了抗旱抽水浇地时，下午，冷却水已是呼呼冒烟地热起来，虽然水面有一层淡淡的油花，但对于常年不洗澡的村民来讲，在冬天洗一个热水澡，那已是十分奢侈难得了。我至少洗过一次，洗过热水澡后的舒坦和轻松，只有自己知道呀。我当时就羡慕大榜可以天天在我们走后，舒服从容地洗着虽说不是很干净的热水澡，还能仰望星空，欣赏星汉灿烂的美景。但谁又知道他一个单身汉究竟有什么烦恼和痛苦呢？当然只有他自己知道，没有女人知冷知热，没有一个人愿意倾听他的心声，人们对于他更多的是妖魔化和想象。甚至有人说机管站夜里经常闹鬼，我现在才明白这完全是对大榜的负面歪曲。他没有偷过鸡也没倒过耙，只是干过一些在当时社会所不容的事，也许只干过一次，但一辈子却落了一个不好的名声。人们就是这样们常把一些人想得很坏，不论是否证实，就开始攻击他们。人们也许认为诬陷一个人没什么，但那却是一个活生生的和我们一样的人啊，仅仅因为一次犯错而被终生定为异类，这实在是太不公平了！人类走过了五千年文明道路，却乐于去歪曲事实，凭着人们共同的猎奇心理去追逐假象甚至不惜编造假象。

后来人民公社停摆，机管站也逐渐退出历史舞台，其实我倒是怀念那些岁月，因为它们太真实、太刺激我的神经了！

大榜又坚持了三四年，终因机管站倒闭而回到村里住。后遇到国家好政策，每月给他发60元补助费，现在对于80岁以上的老人，每月补助已涨到二百元，加上五保户待遇，大榜吃不完花不完。大榜逢人便说当今政策好，天天早上骑车到镇上喝胡辣汤，吃油条。平时到村里转一转，看一看，刷一刷存在感。他还顺便兼职干一件别人干不了的事，就是为逝去的人穿衣服，一次只收10元，相当于一包烟钱。他实际上是在积德行善，几十年了，他送走了一个个离世的村民，大榜也因此更加了悟生死，看惯生生死死了！

人们都说，大榜一定能活到一百岁。他心态好，身体又好，人们常见他骑着自行车，悠闲地走过人们的面前，背总是那样直，神态也总是那么从容。

平凡的报摊人

我每天上下班必经的一个商店外的走廊里,有一个小报摊,两米长,一米多宽,因为不在大街上,所以也没有城管来整治,摊主是一个五六十岁的老太太,白头发明显统治了她整个头部,而黑发反而成了点缀。也许她才刚刚50,或者60。脸皮也黑,总是背对着行人对着墙坐着,偶尔笨拙地跪在书摊上整理或取放书报。但没人知道她姓啥住哪,也没人愿意在意这种社会底层人的生活。

几乎没人知道她是几点出摊的,反正当大家七点多上班时,她早就进入工作状态,也许因为报刊和书有人随时送来,所以她天天守着摊,时间长了,就觉得她的存在和警察指挥交通一样不可或缺。也从没见过她离开过报摊,甚至怀疑她一天都不去一趟卫生间。

一天,我起早赶车,大约六点经过她的书摊,终于看到她是如何出摊的:她把书报及桌椅用三轮车推到摊位,她佝偻着背艰难又缓慢地搬着书报,我知道那书的分量不轻,我有意帮她,却看到她摆手:"没事,我干了十年了都习惯了。"我问:"你咋不让家里人帮你?"她回答:"都不在家,在外地。我能干!"我盯着她好一阵子,问她:"你年龄大了,为啥还要每天摆书摊?"她停了下来,说:"停下来歇几天,就干不动了!我小时候没读过书,但觉得读书人特别有本事,后来慢慢自学认识了一些字,我觉得读书特别有意思,我都能猜到写书人的长相和模样,特别是看了鲁迅的书,我猜出的鲁迅模样竟和他本人十分相似,从此我就更加喜欢看书,以至后来摆书摊,这样,还能多看几本书报哩!"

一下子,她打开了话匣子,还说到了儿子闺女。我又问到她一天下来,怎样吃饭喝水上卫生间,她笑了笑,说:"我早上出来就带上午饭和一大瓶凉白开,午饭让附近的饭店帮忙给热一下,和饭店老板都是老熟人,伙计们也挺照顾我,抢着给我热饭。水得尽量少喝,所以一天下来几乎不用去卫生间。"她还指了指自己黝黑的皮肤,说:"你看我被太阳烤得成什么样子,我年轻时其实很白,现在黑得跟炭一样。"她咧开嘴笑,牙齿被黑色皮肤反衬得更白了,她笑得很自豪,也很美。

后来,有一天,我又到经过报摊,却没见了她的踪迹。一打听,才知道,她为了救一个素不相识的孩子,被一辆冲向报摊的摩托车撞伤了,我也不知道她在哪家医院?我甚至不知道她的姓名和住址。哎!

李二狗

1949年，李二狗随着国民党溃败的军队到了台湾。二狗并不是当兵的，他在村里喜好赌博，是欠下巨额高利贷，又无力偿还才出逃的。

他当年离开大陆时，他老婆23岁，儿子才3岁。当时他并不知道老婆又一次怀孕，后来从台湾给老家寄钱和物品时，都只寄给老婆和大儿子，二狗的大儿子叫大海，不知道他还有个小儿子叫小海。

李二狗到了台湾，因为有眼力价，人又勤快，很快在餐饮业站稳脚跟，他在大陆时好吃懒做，但对做河南菜很有研究，在家时干农活不勤快，但论起烹饪，则出奇地勤快和讲究。他能用红薯做拔丝红薯，一根根金黄发亮，入口不粘牙，谁吃了谁竖大拇指。他还能红白萝卜做一大桌不重样的菜。在老家村民办红白事宴请，都邀请他主厨。他甚至还博得一个雅号"好吃李"，可见老百姓是多么认可他的厨艺。

在二狗回村前，我看到过他写的信，信封是用牛皮纸做的，正中间有一个一寸来宽的细长红方框，框里用繁体字写着涅阳县贾宋镇××收，其实我们村在解放后不再属于贾宋公社（原来称为镇，后又由公社改回镇），现在我们村属于菜园镇了（当时被称为菜园公社）。在二十世纪八九十年代，没几个人见过繁体字，反正我看到那个宽大的信封和竖着从右向左书写的信后，一下子觉得被带回到了解放前。信里提到我父亲的小名"申"，让我感到特别亲切。我也是多少希望自己也能有一个叔呀爷呀，能从台湾回来看我，但问了几次老父亲，老父亲都说没有台湾亲戚，我多少有些失望。

二狗回村时，风光无限。县里、镇里、村里都派人来了，只见二狗拄着拐杖，穿着洋装。因为近70岁且身体又不好，二狗走起路来已有些蹒跚了，他大约有一米七的个头，头发已经被岁月的风霜染成全白了，还没见到几十年没见面的媳妇，就早已老泪纵横了。他的媳妇花妞一直在等他回家。

二狗终于知道他在老家还有一个叫小海的二儿子。大儿子自知礼亏，跪在二狗面前，请求父亲原谅他隐瞒还有个弟弟的实情。因为母亲不识字，每次给父亲去信，都是大海写的，大海为了独得父亲寄来的物品才出此下策。二狗除了搂着媳妇痛哭一场外，又一手搂着小海一手搂着大海大哭一场，二狗要求大海和小海搞好关系，不要为小事而斤斤计较，兄弟两人含泪应下。

后来才得知，二狗到台湾后，饭馆开得小有名气时，又娶了当地的一个女子，居然大儿子也叫大海，二儿子也叫小海（他早在老家就想好用大海、小海给儿子们起名了）。这样二狗就有两个大儿子大海，两个二儿子小海。

很快一周时间到了，二狗即便有一千个不愿意，也只得回到海峡的那一岸，临走时，似有预感：我可能只能回来这一次了，但我终于回到日夜思念的故乡，我也心满意足了！他把尽量多的钱物留给家里人，含泪回台湾了。

两年后二狗去世了，两边的媳妇和大海、小海们也没有走动过。就这样，二狗的传奇故事就只能戛然而止了！

堂兄杨金

杨金是我的堂兄,虽已出五服,但彼此关系颇近,也住前后院,后来更是左右邻居。小金只有一个妹妹,加上他爸是国家公职人员,经济条件比大多当时的农村人强很多,一直不缺钱花。记得小时候他有一副抹了桐油的扑克牌和一副塑料军棋以及一个长十米、宽一米左右的渔网(当时被称为"惹子",一个怪怪的名字),另外他家还有一台红色的"莺歌"牌收音机(个头如四五块砖那么大,平时用白毛巾搭着,放在桌子上),每天中午播的评书《岳飞传》和《杨家将》令多少村民中午不吃饭也要听完。别人家都没有收音机,只好三五成群到他家去听,他家也从不嫌麻烦,总是热情接待,倒水、让座等做得很得体大方,赢得了村民们的赞誉。

杨金年少聪惠,可能是不缺营养和见多识广吧,一路上小学和初中都很顺利,后来考上了四中。我也第一次从他的解读中知道了四中的全称。一个星期天,他从四中回来对正上初中的我说,他们学校开会,校友发表了长篇大论的演讲,把一个普普通通的高中吹得比县重点高中都厉害。最后在宣读学校文件的落款时,大声念到"中华人民共和国河南省镇平县第四高级中学"。我第一次知道四中就是第四高级中学的简称,我当时说,咋不加上宇宙、太阳系、地球呢,他说就是,加上岂不显得学校名气更大?至于他说的是真是假,无从考证。但他飞扬的神情和夸张的语言却刻在我的脑海中。

有一次他很严肃地对我说,以后高考要考英语了。今年英语分是参考分,明年就按30分计入总分了。说者无意,听者有心,我一下子听到心里去了,当时我已上初二,但我的英语很差,从没考过及格分数,其他各科却均名列前茅。我从那个暑假就开始猛攻英语,在中招考试中,英语成绩提高到88.5分(那时的分数都带有小数,精确得很)。这个成绩在全班排第五名,也算名列前方了。

杨金在经过第一次高考预选而名落孙山后,连续补习三年,平时都不怎么到学校,只是在月考、期中考试和期末考试时才到学校去,以至成了学校的名人,连校长都知道有杨金这么一个人,每年预选距分数线10分到30分。据杨金自己说,先后参加四次预选,有一年只差九分,成了最接近分数线的一年。

当时他在家复习,父母和妹妹常常不在家,只剩下他一人,夏天他常在院外树下趴在小方桌上学习,一次星期天我去找他玩,他正在研究数列,其中等差数列简单,他已基本掌握,而等比数列求和,他则搞不明白,我就给他讲一个最简单的等比数列1,2,4,8,……16。数列之和就永远是下一项加1。他一试便做对了,高兴得手舞足蹈,就像预选通过了一样。有邻居给他说,先给你找个老婆,她来侍候你复习考大学,这样又享福又能考大学,他一时信以为真,一个媒婆还提到：有姐妹俩长得如花似玉，你看中哪个就选哪个，后来为什么没能成，我就不知道了，只知道他一人在家，天天有鸡蛋吃，还时不时在星期天请我喝顿小酒，标配是一个炒鸡蛋和一个炒萝卜丝，说实话，他动手能力比我强，切出来的萝卜丝又细又均匀，看着养眼吃起来不顶牙。以至于他后来成了钳工师博，依我看，他的钳工功夫都是从切萝卜丝时练下的。至于他那渔网更是带给我无限欢乐，记得有一次点儿背，只逮了一条一虎口长的小鱼，两个人还是迫不及待地把鱼收拾好用勺子煎了，正吃间，我那鼻子尖的侄女出现在门口，无奈只得给她一块，她给她妈讲我们只给她抠了一点糊碴。这句传到我俩耳中，可把我俩气坏了，这正是阎王爷不嫌鬼瘦，总共才不到二两鱼肉，我们能给她一块已经是仁至义尽了。后来再去网鱼和煎鱼，就只能更隐蔽了，以免引起误会。

他在上高中期间无意中和一个会武术的体育老师挂上了勾，老师教他一套少林拳，从蹲马步开始练习基本功，后来他把那套少林拳打得虎虎生风。一次天黑从街上回家，被几个无赖截住，他把行李扔下，亮开架势，挥几拳踢几脚后喝道："你们是一个一个上，还是一齐上？"那几个货一看遇上了真的练家子，一股烟作鸟兽状散了。后来他在老家教了两个徒弟，先教他们蹲马步和站桩，后来又让他们练上了自创的飞踹麦秸垛，就是把麦秸垛当作假想敌，在距离十几米处起步，飞快跑向麦秸垛，快到垛前纵身飞起一脚后，再用另一脚踹向高处。这一绝招很有吸引力，以至于踹倒了不少麦秸垛，但也成就了两个高徒，这两个徒弟赤手空拳可以对付五六个普通人，一跃成为当时村里的风云人物。

后来他终于放弃了高考——这一能够完成鲤鱼跳龙门的出路，进了他父亲所在的安装公司。因为他有学问，手脚也利索，很快脱颖而出，成了一名水平高的工匠，在安装公司小有名气，能看懂图纸可以独当一面，可以带人完成复杂的安装任务，甚至别出心裁发明出一套独特的办法，用简单的工具和智慧完成了看似完不成的工作。一时间杨师傅威名远扬，公司遇上难啃的骨头，都会不自觉地想到他。

他为人豪爽，处事大方。年轻时常和安装公司的工友们大碗喝酒、大口吃肉。还说他们是天天喝一次，没活儿时无聊要喝，有活儿干太累也要喝。总之是天天猪头肉不断，烧酒不断，人又离家时间长，吃饱喝足不想婆娘。虽说有人耐不住寂寞和冲动，出去干一些出格的事，但小金哥信誓旦旦地说，他不屑于鸡鸣狗盗，名声重于泰山。也没有去问他这些无聊的事，因为人们相信他的为人。

后来他还随安装公司去越南干了一年安装的活儿，回来得了中风，幸亏发现及时才没落下后遗症，只是彻底戒了烟酒，成了一个清淡饮食的素食主义者。他已隐居于江湖之外，但江湖中一直流传着他的传说。

老 大

　　他生于1958年，是家中的老大，上初中时就学习勤奋，学习成绩也好，去上学时常背一个粪篓拾粪，利用别人上下学的工夫，拾一些动物粪便上庄稼地，那时还很少用化肥，好庄稼主要靠施农家肥。

　　他有两个弟弟一个妹妹，是一个有爱心的大哥。他有志改变家庭的落后面貌，总是在忙乎着，生怕自己闲着心里没有底，他总在想着只有行动起来才能改变命运。他没有资格上高中，原因是政审不过关。初中下学他一直闷闷不乐，命运的安排使他也只能去修地球了。

　　后来赶上改革开放，他通过勤劳致富，通过贩卖农产品赚得了第一桶金。他推回家一辆崭新的环寰牌自行车，这使得他做生意更加方便了。他从没有对人发过脾气，也没骂过别人，待人和善。但天有不测风云，就在他快要谈婚论嫁时，厄运就降临了。

　　我清楚地记得就在他得病的那一年春节，在大年三十傍晚贴春联时，我到他家帮他弟弟贴春联，在贴横批"自力更生"时，怎么找也找不到最后一个字了，那时的横批四个字是分开写的，在贴"继续革命"时又少了最后一个字，最后在院里墙旮旯里找到了被风刮在一起的两个字，展开一看，竟然是"生命"二字，我当时一愣，还喃喃念了一声。谁知就是这一年秋天，他得了肝腹水死了，死前的他看似内心很平静但又不甘心，肚子大大的，眼睛也是睁着的，似乎有无尽的不舍。虽请了医生，也用了许多偏方，但还是没能保住他二十多岁的生命，最终撒手西去了。医生说："他太有囊气了，他是累死和郁闷而死的！"

是的，老大确是被累死的，他太想通过自己的辛勤劳动出人头地了！

李　柒

　　李柒生于1940年，今年82了，由于常年劳累并且未得到充分休息，背早就驼了，腰板像一张弓，弯了将近90度，本就只有一米六五的个头，现在只有一米四五了，现在看人，李柒也只能抬头向上翻眼看了，他的大部分的视野也就是面前的地面了，要是地上有螺丝和铁钉等物，他总会容易发现并且捡起来带回家。所以他家的收纳箱子里装满了碎铜烂铁和针头线脑，邻居家修理个家具或农具，常到他的收纳箱里扒来扒去，十次有七八次能找到想要的小配件，李柒看到自己能帮到别人，喜在心里，他为自己的举手之劳而觉到自豪，以后捡小东西的劲头更大了。

　　李柒亲历过小时候吃不饱穿不暖的日子，所以使用东西特别节约，有时一个大蒜瓣都能省着吃上两顿。他曾经在小时候吃过烧老鼠肉和树皮、草根，甚至喝过"六六六农药"以求解脱，但被人发现并及时抢救过来了。他之所以现在乐于捡些小物件，正是由于童年时代物资极度匮乏而形成的习惯，或者说是患上强迫症了。

　　他在年轻时娶了一个几乎双目失明的媳妇，媳妇光感很差，看到太阳的感觉就像我们正常人戴上深色墨镜看世界的感觉。不过，她并不着急，一辈子不下地干活，只负责生孩子和一天做三顿饭。李柒对她要求很低，直接喊她"瞎子"，她也不在乎什么称呼，常憨憨地笑着，如此年复一年过着几乎一样的日子。

瞎子给李柒生下一男三女。三女相继嫁人，儿子心地善良，但只有小学学历，也没外出打工，年至三十，才和一个脑子不够使的女子成婚。女子先天不育，李柒就抱养一女孩为孙女，李柒一家生活简朴，食材单一，除中午吃一顿面条外，一早一晚稀饭配馒头，以萝卜丝为主要菜肴，虽粗茶淡饭，但营养似乎并不缺乏，到下雪天，李柒的手都是暖和的，这说明勤快的李柒血气上下通和，没有大的毛病！

李柒善用传统文化教育孩子，常常说一些"少壮不努力，老大徒伤悲"的话去教育后代，他从不去干偷鸡摸狗的事，也教育后代要自食其力，不去干歪门邪道的勾当！

正如他说得那样，他是操劳一生的命。他正如一个永动机一样永不停歇地转动着，早上三四点就起床蒸馍（她媳妇一辈子没学会蒸馍），七八点蒸馍才能出锅，他哀叹老了没劲了，揉面已相当慢了，他就早起早开工，特别是在天短的冬天，往往是热气腾腾的蒸馍出锅了，天还迟迟没有亮，只因为他起得比任何人都早。

虽然非常劳累，但他十分满足，他常对人说："现在的条件好多了，天天吃白面油旋馍（千层饼的另一名称）都吃不完了，我小时候逢年过节才能吃上几天白馍啊！"他对于现在农民不交公粮，还有土地补贴，老年人超六十岁还有每月一两百元的补助等惠农政策十分满意,他总是说:"现在国家政策好,延续了千年的皇粮不用交了,国家还要给我们补助,现在的农民太幸福了,我们也知足了!"村里的干部要给他办低保,他拒绝了:"我有儿有女又能爬动,我不要!"

  李柒就是这样一个正统的人,一个勤劳的人,一个正直的人,愿他长命百岁,永无忧愁。

王三和王大

王三是20世纪50年代出生的人，他在20多年前从湖北回到王营，住在黑河边祖上留下的宅子里，只是住房是新盖的，两间房子，临路面北，而他们兄弟几个的房子就占据了整个村子的西北角，冬天的西北风总是首先光临他们的宅子，若是房盖得不够结实，怕是要被风掀翻或者吹散。可恶的西北风啊，就像较劲的房屋检验师不停地对房屋做着破坏性试验，大有不倒不罢休的架势。

王三在湖北没混好，所以才又回到家乡，他回来时已经60岁了，除了老婆和儿子就一无所有了，还是一个热心的老婆婆挨家挨户地给他要来馍和粮食，有一大箩筐白馍和一大布袋小麦。房子也是他的两个兄弟及众乡亲帮着砌成的，因为没有找泥水匠而是自己人帮着盖的，所以房子看上去歪歪扭扭的，但毕竟有了个遮风挡雨的地方，他和媳妇都似乎很满足了。他大概有"三高"吧，行走迟缓，满脸通红，中上等个头，略显肥胖，总之给人一种不太健康的印象。

我和他一个村，他有一个在省城工作退休的哥哥。一次我回老家过年，临回省城，王三找到了我，让我找到他哥哥后和他联系，还给我一个写有手机号的纸条。后来我找到王大，说了他三弟的事，也把他弟弟王三的手机号给了他。王大却出奇地平静，他原来其实很想帮他的这个弟弟，但他却被另两个弟弟的所作所为伤透了心。王大早年在内蒙古参军，转业分配到省城，在印染厂机修车间干了一辈子，技术精湛，临退休时厂里效益不好，但他不等不靠，直接在自家楼下开了一个自行车维修点。凭着农村人的吃苦耐劳和过硬技术，干得红红火火，他不像城里人那样抹不开面子，而是像野草飞蓬一样，飘到哪里就在哪里安下家。

　　他讲到那一段伤心往事，就是王三闯湖北时的那一段。当年农村都没啥吃的，王三寻思着去湖北洪湖讨生活。他听熟人说洪湖一年四季不结冰不上冻，即便在洪湖里拔一个莲藕吃也饿不死人。当时刚在省城落脚的王大就劝他不要贸然去洪湖，到哪里都不好混，政策又管得严，倒不如到伏牛山里，户口也管得松，山里地头宽，靠山吃山不至于饿死。但王三执意去了洪湖，结果真的混得很惨，事实证明王大的建议是正确的，村里另几个去伏牛山里的，都混得很好。所以王大有些生他的气，加上当年王大的父亲去世时，三个弟弟竞相耍小聪明，让王大一个人出了丧葬费。其实王大并不是不愿一个人出钱，而是他为三个弟弟的薄情而气愤。从那一刻起，王大就下定决心不再回老家。后来又听说他的两个弟弟在分家时，为了一根檩条（长而粗的圆木头，盖房当梁用）分得不公平，三个弟弟竟拿来一把钢锯锯开檩条，一人分了一段。他得知这一怪事，心都凉透了，深深地为有这样的弟弟而感到颜面无光。

王大对三个弟弟失望之极,他不愿再回老家了,因为觉得弟弟们让他没有面子,他无法在家乡父老面前抬起头。其实他很惦念着家乡的人们,他甚至记得我大哥和他一起上学时的点点滴滴。我最后一次见王大时,他谈到他在骨子里还是一个乡下人,别人退休了在一起搓麻将、扭秧歌,他不会也不想去凑热闹,也融不进城市人群里,他倒喜欢把自行车、电动车拆了,清理后上了油再装上。他说除了不回老家留下些遗憾外,不愁吃饭、不愁儿女的工作和住房,三个弟弟他也不想去见了,兄弟一场,缘分尽了。邻居说王大薄情,看不起乡下人,我也懒得和他们辩解,由他们去吧!

　　几年前王三不在了,王大终究没有再回老家。但愿王大还健在,显然他还有着乡愁情结,却只是永远装在心里头。

小王和荷花

小王和妻子荷花在省城开一家小饭馆,20世纪90年代在一个近郊小街道里干得风生水起,一天到晚主要靠摆路边的大排档挣些小钱,那时街道办对在路边摆摊经营者管得不太严格,上级检查时才紧上一阵子,平时睁只眼闭只眼,他们也理解商户的难处,只要商户们做得别太出格就行了。

商户小王为人豪爽,荷花嘴甜人勤快,炒菜能控制好火候和添加佐料的时机,天生炒得一手好菜。在一条街上连续五六家大排档中,收入最多的当属小王和荷花家。但这也引起了隔壁的小李和美丽的嫉妒,由于用于顾客吃饭的桌子、凳子以及碗碟都摆在外面,顾及不周是难免的。

有很长时间,小王和荷花的碗碟总是莫名的减少,起初他们也没当回事儿,但经不住时间长,小王和荷花又添进去两百个碗碟了,虽说一次批发一筐碗碟没几个钱,但一元一个的碗碟多了,也是不小的花费。小王和荷花开始留意失踪的碗碟的去向,因为顾客打烂的碗碟很有限,顾客也不可能吃完饭都把碗碟端走吧?终于小王和荷花发现了问题,一次美丽正在把小王和荷花的碗碟往自家搬,被荷花当场发现。于是一场战争便开始了，先是荷花和美丽的拉扯和对骂，荷花又仗着胆子只身冲入小李和美丽的店里，在墙角处发现一大堆自家的碗碟，因为自家的碗碟的商标有别于小李和美丽家的，所以荷花一眼就看出那一大堆碗碟是自己家的。

小李和美丽自知理亏，但却以荷花私闯民宅而推搡和谩骂荷花。小王闻讯后第一时间赶到，见到荷花受欺负便火冒三丈，小王膀大腰圆很快制服了小李，身手利索的荷花也把美丽打得趴地上了，荷花骑在美丽身上，美丽也不甘心认输，俩人互相拉扯对方的头发，荷花居高临下扯下美丽一撮头发，连头皮都带下来了！小王也把小李的门牙打掉了。常喝小李小酒的市场保安以有人打人为由报了警，很快警察来了，带走了打人者小王和荷花。其实在警察来之前，一个市场上的商户怕出人命，就把小王和荷花拉开了，否则正在气头上的小王和荷花真不知能闹出什么血案来。

小王和荷花以打架斗殴之名送到派出所。机智的荷花临危不乱，以小孩没人照料为由向民警申请给家里打个电话，民警认为要求合理就同意了。荷花并没往家打电话，其实那时一般人家也没装电话，她就往有电话的表妹家打电话，说明自己受了冤屈，对方偷自己的东西被当场制止，自己能有什么过错？最多也是防卫过当。小王和荷花刚到派出所即收到一个下马威，有民警说他俩寻衅闹事，要赔偿对方损失。但到了第二天，派出所即接到纠风办的电话，说派出所偏听一面之词，此二人属于正当防卫，防止对方正在实施犯罪。派出所所长立马停止了对小王和荷花的审问并道歉,小王和荷花说:"本来我们就是正义的一方,他们偷我们的东西反而会有理?我们要求你们咋样带我们来,就咋样再送我们回去!"于是他们坐着警车回到店里,民警又对小李和美丽说:"你俩本属盗窃行为,应予严惩,但小王和荷花都给你们说好话,说都是邻居就网开一面算了,至于医疗费,你们这些人各有外伤,各自医伤了事。"

小李和美丽也自知输理而和小王及荷花握手言和。从此两家再无纠纷。

这正是:

    同凉同热远亲不如近邻

    互谅互让和气才能生财

王老头

　　王老头六十多了，走路也不太利索了，总是拄着拐杖徐徐前行。他是几年前来到郑州的，他的闺女心疼他一个人在老家，虽说老家乡里乡亲的大家在一起很热闹，但毕竟是一个人在家，有了感冒发烧也没人照顾，老王也经不受孝顺女儿的多次劝说，终于跟着闺女，依依惜别了在一起几十年的亲朋好友来到省城。起初的新鲜感没有了，平日闺女和女婿上班加上外孙上学，老王一人在家看电视也觉得无聊，出门转转吧又没个人可以说说话，也许是自卑吧，自己说一口家乡话，说不来普通话，还有自己的生活习惯和文化阅历都和城里人不一样，看到许多老先生都像老干部，那派头以及说话的语气都不是一般人所能企及的。后来逐渐找那些和自己情况一样的人，最终还真在小区里找到了，彼此说说儿女趣事和城乡差异，虽说比不上老家那样的亲热和随便，但毕竟是有人可以说说话拉拉家常。

　　后来一个偶然发生的事件改变了老王的城市生活。那就是城里多得要命的体验活动，想必大家都已熟悉了这种模式，即几个人弄一个临街的门面房，挂上诸如"××艾灸体验馆"的牌子，一大早就忽悠一大帮老头老太太，一再强调活动免费，有的还给老人每人每天发4个鸡蛋。其实很多老年人在家里闷得慌，出来活动还可以见到一大帮同龄人，很多人在一起就能驱散孤独和苦闷，再加上工作人员阿姨、大伯或老板、老爷爷地叫声，让许多老年人感到受到了尊重，甚至觉得工作人员比儿女还要亲。

老王也不例外，除了一天拿回4个鸡蛋，还去过一趟少林寺和开封，也确实没掏一分钱，但天下没有免费的午餐，很快问题就来了。一次一个养生馆的工作人员很神秘地向老王介绍了一种补品，说长期服用这个可以提高记忆力，防止老年痴呆。工作人员坚称不是店里的产品，是自己一个亲戚家才能拿到的一种新药。老王十分信任这个工作人员小李，因为有好几次老王睡不着觉，都是小李陪他聊到深夜，小李还一直叮嘱他注意健康，说真的，小李比亲女儿还要亲。于是老王不假思索就买了一个疗程的产品。产品确实是没人听说过，也确实是一个广西乡镇小厂的产品，但却有正规编号。也许是心诚则灵或者是真的有效，一个疗程下来，老王的记忆力确实转好了，但后经网上查询，此产品比正规同类产品价格高了五倍。但是老王还是觉得碰上好人了，甚至还向别人推荐该产品。

女儿和女婿知道了此事，也不便多说，因为他们确实没有精力天天陪着老人，甚至还有些内疚和负罪感。

这真是一个国家级难题，即老年人的养老问题，要做到"老有所依，老有所乐，老有所用"不是很容易，特别是异地养老，让老年人从农村转到城市，由于环境不同和习惯不同，老年人适应不了变化了的环境，他们一时间又交不了新的朋友，再加上有的老年丧偶，孤独和无助是他们的天敌，而儿女们又爱莫能助，他们成了城市化建设留下的一大难题。

他们不喜欢城市而又必须在城里生活，他们在寻找精神慰藉时常常被一些人误导，但也反映出老人们内心深处渴望被接纳、被理解。很少有人能舍身处地为他们真正着想，怎么办？这真是一个社会问题，值得大家深思啊。

我的同学孙玉华

二十世纪八九十年代，河南青年人想通过高考出人头地很不容易。当时的升学率很低，而且高考前还有预选，以至于高考前就有大部分高三学生离开学校，结束了10年寒窗，他们甚至连高考的考场都没进过就回了家。

我的同学孙玉华还没有坚持到高三，便回山里务农去了。他应该是那时他们镇上初中生中的佼佼者，毕竟考上了县城重点高中，但他却落下了神经衰弱的毛病。

记得一次晚自习，我看到他正在使用一节一号干电池对头部进行电疗。用两根电线把电池正负极分别和他的头部两侧的太阳穴相连。因为他神经衰弱已经很长时间且没有好转的迹象。他太着急了，眼看着学业一塌糊涂，身体却适应不了高强度的学习，经常性的失眠，记忆力严重下降，加上各个乡镇的尖子生都集中在县一高这一重点高中，自己曾有的优势在这里已荡然无存了，心理落差也太大了。

我对他说，一节电池电压才1.5伏，而人体的电阻又是那么大，那么通过人体的电流几乎为零，欧姆定律你又不是没学过。他嘿嘿一笑："我也是听人说的方法，试一下啦！"

后来有一次我看到了他的父亲担柴进城来卖，当时一斤好柴禾才3分钱，100斤才能卖3块钱，他的父亲要担百十斤的柴火走三四十里才能走到城里。我星期天看到他俩时已是下午两点多了，显然柴禾已卖掉了，只见他父亲扛着扁担在前走，玉华啃着烧饼在后跟着。一个烧饼在当时卖一毛五，也就是五斤柴禾才换来一个烧饼，我老远看着这对父子，眼泪竟不争气地流了下来，生活和求学对于山里人来说实在是太难了。

再后来，到了二年级，因为文理科分班等原因，我与玉华失去了联系，但我知道他并没有考上大学，甚至是中专，也不知他后来有怎样的命运。论体力他甚至不如同样瘦小的他的父亲，他承载着父亲的期盼，希望他能不再延续父母的命运而走出大山，但看样子他并没能心想事成。如今，在我脑海里只剩下他那温和的笑容和他那黝黑的脸上镶嵌着的几道深深的皱纹。

老杨同志

时至今日，云阳小镇的很多人还很认可355库杨军医治疗腰腿坐骨神经痛的手法。

老杨同志曾是军医，后转业至家乡的军工企业工作，他已经辞世多年了，但人们常念起他的好，常回忆起他！

老杨的大名叫杨九龙，1938年出生（那一年可能是南阳大旱吧，九龙治水呀），他排行老大，兄妹四人，家里很穷，睡觉铺的是麦秸编的垫子，盖的是破席片，冬天没有鞋穿，就自己编草鞋，他爱学习，但上不起学，就自己用泥巴做算盘学习珠算，还被村里人嘲笑。天天吃不饱饭，曾经饿得抢他妹妹手里别人给的半个窝头，把妹妹手都咬破了。他小学没上完就回家帮父母干农活了，作为长子，他要承担起支撑门户的重任。他自小时候就想着要出人头地、光宗耀祖，他看到有钱人投来的鄙夷目光，发誓要活出个样来，替父母也替老杨家争光。家里穷得叮当响，常吃了上顿没下顿，老杨在上学期间也是利用空余时间到田间地头挖野菜，例如灰灰菜、刺角芽（小蓟草）、荠菜、面条菜、狼尾巴、野苜蓿等等，他都能比别人挖得快挖得多。保证了一家没人被饿死。当然这都解放前的事了，当时兵荒马乱，哀鸿遍野，饿死人的事不胜枚举呀!

老杨自幼说不上有多聪慧，但有囊气，而且爱揣摩事。他总想着如何能让一家人过上吃得饱穿得暖的生活。直到解放军来了，南阳和全国解放后，他才有可能实现他的愿望。

1955年，老杨17岁了，够当兵的年龄了，他决定报名参军。因为他出身贫农，身体结实，很顺利地当上了解放军战士。当崭新的军装穿上身上时，他暗暗发誓：混不出个人样来，就不回杨家庄！

到了军营，生活大有改善，他曾一顿吃了十六个大白馒头，前三个月新兵训练，他因肯吃苦练习加上一副干农活的好身板，所以各项考核都在中等偏上。但是他知道当时的国家形势是刚刚经历了三年抗美援朝战争，自己只有学习文化课，掌握一定技术才能在部队干得风生水起，于是他就想到了自学，他听人说当时的四角号码字典内容丰富，便于自学，他就买了一本《四角号码字典》，查这个字典的方法有些类似于电报码。只不过是根据一个字的四个角的笔画对应编一个数字，这样一个字的四个角就对应有四个数字，于是就把字的信息转变为数字信息。编成的口角有"点下有横变零头，叉四插五方框六"等等，就是查字的方法，老杨同志经过一个月的工夫就能够熟练地使用四角字典。遇到报纸上和书上不认识的字就把它转化为一组四个数字，在字典上查出它的读音和意思。这个方法特别适合遇到生字时，根据这个字的结构就能很方便查出它的音和意思了。后来的年轻人都很难学会呢，但半文盲的老杨硬是通过自学把字典用得风生水起。这个字典从此成了老杨的随身宝贝,走哪带哪,俨然成了老杨最好的朋友。

老杨通过一年多的刻苦学习使自己的文化课水平达到了高小毕业。表面上看高小毕业相当于现在小学毕业,但除了数理化,语文水平和文言文水平却相当或高于现在的初中毕业水平。

老杨于当兵的第二年,即1956年,转为卫生兵。当然当卫生兵也得考试,因为毕竟是技术兵种选拔,当时军队领导让他念一段《人民日报》社论,他很轻松地完成了。领导又让他用因为所以造句,他当时造的句子是:因为我参加了解放军,所以我们全家都光荣。领导当即就拍板:"这个卫生兵就你了!"

1956年底,他即以军队卫生员的身份被派到朝鲜参加战后重建工作,主要负责给当地老百姓看病和教老百姓学习汉语,当然他为了便于沟通,也学会了一些朝鲜语,例如简单的会话等,他都能应付自如。

当时的朝鲜,比起刚刚完成第一个五年计划的中国来讲,情况更差,相当多的建筑毁于战火,千疮百孔和满目疮痍。男劳力也十分缺乏。老杨因为和朝鲜姑娘接触多,有一位漂亮的朝鲜姑娘看上了他,向他表白,他也正值青春年少血气方刚,看着年轻貌美的姑娘也有动心的时候,但他知道志愿军战士的使命,毅然回绝:"我们是为邻居重新家园的,不是来当上门女婿的!"他的这句话后来被连长多次引用并在军营里广为流传。老杨在异国他乡的朝鲜入了党,成了一名中共党员。老杨就是这样一个人,他总是时刻严格要求自己,不给组织添任何麻烦。

1958年底，志愿军帮助朝鲜重建家园后集体回国。他随所在部队参加平叛西藏叛乱和剿灭残余土匪的战斗任务。西藏当时虽说解放多年，但一直形势不稳定，很快到了1959年3月，西藏在反动头人的挑拨和外国敌对势力的配合下，发生了叛乱。大规模的叛乱虽然只用两个月就平息了，但真正肃清残匪到1961年才完成。况且残匪对当地牧民情况十分熟悉，有时解放军正追击残匪，残匪却突然混入正放牧的牧民和牦牛羊群之中，装着正在放牧，等解放军战士过去，他们又从背后放冷枪。有一次老杨同志骑着高头大马一个人给牧民看病后返回兵站，天色已晚，他一侧背着药箱，另一侧腰间别着手枪。有一个疑似牧民只看到他背着药箱而没看到手枪，似有掏枪的动作，老杨其实一直在提防着对方，因为残匪们穿着打扮和当地牧民一样，只要见到有人出现，老杨就一直注意力高度集中，特别是独自行动时更加小心。老杨故意把手枪掏出来亮了亮，那个黑影便很快消失在山沟里了。

另有一次集体行动，遭遇一伙土匪，老杨刚趴下身子，一颗子弹便嗖的一声从头顶呼啸而过。好险啊，老杨说，再晚一秒钟，便脑袋开花。显然土匪是瞄准他的头开的枪，只不过他刚好弯下腰才幸免于难。否则他就在1959年成了终年21岁的烈士了！

终于挺到了1961年底，西藏剿匪结束。老杨被送到西安第四军医大学深造。经过了朝鲜战争和西藏剿匪，他特别珍惜和平年代的大好时光，他被军队送到第四军医大学速成班学习全科西医，不同于现在西医分科十分详细，但在当时确属正常，他学习了包括妇产科等全科西医，和中医不分科是一模一样的。他在学习期间，还就病源广泛的膝盖积水肿痛进行深入研究，在自己身上和志愿者身上试，把事先配好的混合西药直接注射到膝盖里面，因为他知道无论吃什么药，药物传到膝盖时药效都减退了大部分，还不如直接作用于患处，而且大把吃西药伤胃肠和身体其他器官。他这种后来称为"封闭打针疗法"成本很低，一针在当时只需几毛钱，一般百姓打得起。就这样一夜之间，他的独特土法上了四军医大的校内交流刊物。一时间，老杨同志名声大噪。地方女大学生也来献殷勤，向老杨抛媚眼。但老杨连正眼都不愿多看她们一眼，觉得她们太浮飘，他始终记着父母交待的话："你是农民出身，不能忘本，将来还找一个本分的家乡姑娘为妻。"他觉得应该转业回到父母身边尽孝，作为大儿子，一直在外当兵，和平年代也该学得一技之长回去孝敬双亲了。

很快一年过去了，他拿着四军医大的速成班结业证书（据说相当于中专水平），回到了西藏的部队，在西藏自治区波密县扎木兵站开始了他的军医生涯。

扎木兵站海拔3500米，不少人都有高原反应。冬天大雪封山，夏天炎热，气候干燥并且昼夜温差可达20多度。很多士兵常常唇干舌燥，经常流鼻血，老杨也不例外，但他能忍住这恶劣环境的考验，他把一门心思放在治病上。他甚至除了吃喝没有什么其他花费时间的爱好，因为他太想转业后有一门技艺能够治病救人，也能光宗耀祖，为父母争口气。

他太了解有些狭隘意识的农民了，你过得好他们仇视你，你过得差他们又小瞧你。虽然他们也没什么本事，但他们似乎可以控制一个村的舆论，让大家手拉手形成一个包围圈，时时小心地拦住努力冲破包围圈的人，他们的潜台词似乎是："我富不起来，谁他妈的也别想超过我！"这种仇富心理也许颇有渊源，由来已久。

转眼到了1963年，他25岁的那一年，父母说给他定下一门亲，姑娘就是邻村的小芹，长相和品行都中规中矩，小老杨四岁。老杨是孝子呀，他听父母的话，就请了半个月婚假，回老家完了婚。

但说来也奇怪，结婚快五年了，也不见小芹显怀，父母立等着抱孙子，就和小芹商量着抱养一个孩子，但小芹死活不同意。因为她知道她和老杨一共在一起也不过半年多时间，没有怀孕也属正常。终于在1967年春节老杨在春节探亲假期间，小芹怀了孕。父母才放下了一直悬着的心。1968年夏，小芹生下了一女婴。老杨因为当兵出身，就直接把闺女起名为英姿，以示英姿飒爽的军人身份，很有纪念意义。

老杨在闺女英姿出生时，干了一桩惊动十里八村的大事，那就是从扎木兵站一下子把所有省吃俭用的一千元寄给老父亲老老杨。当时一个农民一个月才挣五元钱，工人工资也就20元一月。一千元相当于一个农民十七年和一个正式工人四年的收入。许多农民不要说没见过一千元的现金，怕是连十元都攒不到。一些看不起他家的人就写信到老杨的部队告老杨贪污，部队领导反馈道："他连一个小官都不是，

· 97 ·

他一个医生只看病治伤拿啥去贪污？这一千元都是老杨省吃俭用攒下来的。"此事传了两年才停息风波。一个更有戏剧性的故事却又马上开演了。

1970年，老杨终于提干了，可以带家属随军了。他终于可以在老家扬眉吐气了，让那些看不起老杨一家的人们统统闭嘴了。他说当初回去接闺女和媳妇的时候，他故意把领章帽徽先去掉，结果好多人去看笑话，其中有一邻居还问他："当兵能吃饱饭吗？"老杨说："天天吃大鱼大肉。可烦！可想喝咱老家的稀苞谷糁！"那货当场就闭嘴了，令人伸长脖子的还在后面："我这次是回来接英姿和她妈随军去的！"那些本想看笑话的人，一个个面面相觑，灰溜溜地都走了。世态炎凉，人情世故，老杨看得非常开，非常淡！父母和小芹当时别说有多神气啦！相当于一个没走出过大山的山民要去京城金銮殿见皇帝一样神气十足了。老杨家一扫多年的担心和压抑，终于"盼星星盼月亮，直盼得深山出太阳"。

话又说到老杨的闺女和媳妇"一步登天"，坐车去西藏，到了唐古拉山五千多米海拔处，英姿缺氧，浑身发紫，几乎没了呼吸！有人说她已不行了，扔山沟里算了，小芹自然不肯，一直抱着英姿不松手。好在英姿大难不死，又奇迹般地睁开了眼睛！俗话说：大难不死，必有后福。英姿后来果然人生开挂，揽下巨额财富，令人惊叹不止！

再后来，小芹又生下大儿子南征和小儿子北战，尤为称奇的是：小儿子北战出生时，老杨亲自接生！亲自为老婆接生的大夫也实在太少太少了，但老杨确属一例，他办的很多事都是在颠覆人们的常识和想象了。

1980年，在参军的第25个年头，老杨退伍转业到兵工企业。他本可转业到郑州，但他嫌弃城市人住在鸟笼子里太憋屈，觉得还是回老家天宽地阔，更重要的是他要回家孝敬父母去了。于是他就转业到南阳山区一个小镇里某一军工企业继续他的行医生涯。从此杨军医便在那里留下人生十分光辉的一段时光。

老杨在小城企业行医，周边有很多贫困的居民，常年劳作多病缠身，便慕名找老杨治疗，因为有更多的患者做实验，他的打封闭治关节肿痛法又得到了更多改进，一针下去疼痛减轻，立竿见影，当即有效。以至于传遍方圆几十里，甚至外地人也慕名而来，找杨医生治关节炎、坐骨神经痛等，他总是不厌其烦地给患者看病，深得人心。有时有人看了病而掏不出钱，他也让人回去了。后来病好了或有了钱的人给他送萝卜、白菜、红薯、鸡蛋等，门庭若市，好不热闹！我大约是在1998年时去过他家，他亲自下厨做他最钟爱的红烧肉，他说有一卖肉的天天上午给他准备一块上好的偏肥的大块肉。他说不肥的大肉做红烧肉不好吃，他佐以桂花、陈皮、蜂蜜、老抽做成的红烧肉肥而不腻，皮黄里嫩。

1992年，他54岁那年得了糖尿病，但他照大口吃肉不误。他的理论是：人生有地死有时，该吃吃该喝喝，只要自己能快活。至到2004年摔断一条腿，无奈到了省城投靠闺女英姿，当然两个儿子南征、北战也陪伴左右。又过了十年大城市生活，于2014年死于糖尿病，据英姿说：老杨同志临死前还吃了大半碗红烧肉，至死不做饿死鬼！

这就是老杨的光辉一生，77岁的灿烂一生。他一生为人光明磊落，没有和别人有过什么过节，他为自己争气，为家族争气，为儿孙争福！如今儿孙满堂，个个干得风生水起有模有样。老杨同志若地下有知，也应含笑九泉了！

（注：文中资料由其女儿提供，在此致谢！）

我的辅导员

——记我的老师向春林

我上大学时的辅导员（严格来讲是学生室主任）是一名连级复转军人，名字叫向春林，大学四年他一直陪伴在我们左右，如同家长一样呵护着我们。

记得刚入学到四川广元军训时，军人出身的向老师教唱的第一首歌是《说打就打》，他走正步时步子跨得很大，与其身高不太协调，比较夸张，引得同学忍不住发笑，有见多识广的同学私下说那是苏联式正步，但向老师对大家的议论充耳不闻。对于他而言，回到军营就像又一次回到青春年少时期，他一个四川农家子弟能有今天，全靠在军营摸爬滚打，到军营彻底勾起了他最幸福最得意的回忆。

当时大学生只要能顺利毕业即能包分配，因此我专业有一部分人学习目的不明确，缺乏学习动力，有一段时间便有人逃课在寝室打麻将，这个事情很快就被向老师知道了，他就在上课期间到寝室抓赌，后来这几个逃课者采取了游击战术，又在其他专业同学的寝室甚至在卫生间摆上麻将桌，却都被向老师一次又一次成功抓获，那几个逃课同学躲无可躲只好老老实实去上课。

向老师中等偏矮个头，身体均称结实。一副国字脸，说话嗓门高，往往他来学生宿舍三楼，我们老远就知道是向老师到了。因为听惯了他的吆喝，若有几天听不到，我的心里竟会有一种失落感。他曾喊道："郭杂皮（一个顽皮同学的绰号），你们臭得难闻的猪窝，还不起来打扫卫生？"他虽大声吆喝，但大家并不感到害怕，相反有一些亲切感，尤其是他的川骂听起很过瘾，反正论年龄他是大叔、大伯级别的，我们挨骂还能长记性，形成好习惯。虽从无轻蔑之意，但有时候我们会嘲笑他文化程度不高，这也许是读书人的通病吧，有一次他说错了一个字，我们在心里窃笑，等到第二次他又说错该字，我们哄堂大笑，但却没人私下告诉他，结果是他不明真相地又重复了一遍，这一次令大家笑得直不起腰。现在想起来，我们当时也太不懂事了。

他虽学问不高，但却是真心实意地对我们好。我班上的韩同学得了肝炎，医院下了病危通知，他一方面紧急打电报通知韩同学父母，一方面通过私人关系联系上重庆肝病研究所，所幸正好该研究所刚刚研制出肝炎新药，他立马代替家长安排转院，第一时间用上了新药，这才把韩同学从死亡线上拉了回来。韩同学老家是东北的，交通不便，父母闻讯是焦急万分，向老师是百般安慰，想方设法资助，在韩同学父母来渝之前，派我们轮流值班去看护韩同学。韩同学得救了，而向老师却熬红了眼，硬是瘦了整整一圈。

另有一北方同学家里条件很差，偏偏屋漏又遭连夜雨，在坐火车返校时，被人割包盗走 50 元钱。该同学愁苦不堪之时，向老师知道后，第一时间向系里领导专门汇报，为该同学申请了补助，总之此类爱心善举，时时温暖着同学们的心。

向老师还善于做学生的思想工作，他一次次到学生宿舍来，面对个别学生的冲动和急躁，放下身段劝导，晓之以理，动之以情，稳定了学生队伍。他经常叨叨的婆婆嘴，经常念的紧箍咒，成为我们日常学习生活的重要组成部分。

六年前，我和山东焦同学相约回母校，专门联系求见向老师，又一次在重庆大学见过向老师。他已满头白发，虽身有疾病但仍精神矍铄，还给我们俩一人带了一把雨伞，当时下着小雨，这个细节让我们好生感动。另外他还把自己的好酒也拿来一起分享，告诉我们他的工资足以应付晚年生活，还说自己的女婿也进步了，当上了二级学院领导。

在雨中，我看到他略有点蹒跚的步态，竟有一种看到老父亲晚年不易的感觉，眼眶一下子湿润了。我在心里默默祝福这位慈祥老人健康长寿，幸福百年！

建军传

院外，几只蝉无休止地嘶鸣，控诉着夏天的炎热，堂屋内，建军正和自己的新媳妇以及新媳妇的四川男人话别。一台摇头电扇拼命地摇着头，似乎在讨好着各位客人。

建军是工农兵高中生，虽说当时是贫下中农推荐上的高中，水平不高，但毕竟识文断字，他还常看大队里订的《人民日报》和《河南日报》，了解一些法律知识，知道自己犯了重婚罪。

建军也是前几天才知道他的新媳妇小青在四川结过婚并有孩子。小青和同村的几个小媳妇都是跟着建军邻居李二妞来到河南的。李二妞自知这几个老家四川的女人都有丈夫，但她利用这几个好吃懒做的女人到河南骗婚，河南人称之为"放鹰"，也就是女人假意和男方结婚，待钱财到手后，偷偷溜之大吉。

李二妞这个和颜悦色的四川女人干起了千人叫骂的丧良心勾当，但却成了当地响当当的人物。一次从四川老家骗来四五个小媳妇，在没有谈好人家时，就在李二妞家吃喝，四川人看重吃喝，这几个媳妇倒没有受到亏待，几乎天天有鸡鸭鱼肉，还常常下油锅炸油馍吃。此期间本村和外村的光棍汉们便打起了精神，穿上了自己最好的衣服，在父母姐妹的陪同下，来刘李二妞家相媳妇。一经几番打量，谈好价钱，当天即可领人回家完婚。也没人问对方结没结过婚，便火急火燎地领回家去了。

建军也就是这样掏了五百元（五百元也不少了，相当于一个农村劳力三年的收入，或相当于一个工人当时一年的收入），买下模样俊俏的小青，建军着实如鱼得水之欢，高兴地过了一个蜜月，一天，他在邻居家听说小青在老家有男人，这两天那男人一直在村外转悠，可能是知道老婆在这个村里，但又不敢去领老婆回四川吧，建军听说后心里自然不高兴，也觉得特没面子，自己竟娶走了别人的老婆。他想了想就走出村，去找那个情敌。很快他见到了一个外乡人，搭上腔，一口四川味，再问，他就是小青的男人。他悄悄把小青的男人领到家里，这才有了开头的那一幕。

小青男人掏出了结婚证，结婚证上的女子赵小青就是自己的新媳妇，建军买了酒肉请这四川两口子好吃好喝一顿，又让小青带走了新买的衣服和结婚时买下的银镯子，建国心地善良，为人又大方，农村人觉得他缺心眼，邻居说他脑子缺根弦！

新媳妇还没亲热够，很快又走了，那五百元也要不回来了。李二妞花言巧语说小青来时的火车票都是她买的，还一直住家吃喝。结果一分钱也要不回了，好在那时建军父母尚在，劳力多，也没欠下任何外债，建军也就认栽了。

大约一年过后，光棍邻居大榜又给建军领了个媳妇，这媳妇不像农村人，一口略带湖北口音的普通话，年龄大约三十岁，和建军年龄不相上下，建军又给大榜二百元辛苦费。后来才知道这媳妇是大榜白捡的，已经陪大榜五六天了，这样大榜不仅春风几度，又净落了两百块，但建军又能计较些什么呢？建军看着这个傻傻的女人，心想这就是自己的命，不再计较她的过去，她能给老王家生下一男半女，续上香火就行了。就这样建军第二次成婚了，这女人也不是一直发疯，也有清醒的时候，她也是人，能感觉得出建军是个大好人，她的肚皮也争气，两年内给建军生下一男一女，也许是有了儿女心情变好的缘故，她犯病的次数少多了，也能给建军和儿女们做几碗热乎饭吃。

在儿女们长到二十岁时，媳妇得了重病，一直拉肚子治不好了，建军倾其所有也挽留不住媳妇的性命，很快媳妇一命呜呼，建军很长时间缓不过来劲，无精打采。在儿女们成家后，建军就神秘失踪了。当时建军才五十岁上下，没有任何疾病，走的时候还和邻居说，他出门一段时间，也没说去哪里，也没说啥时回来。谁知至今十年了，建军一直杳无音信，有人说，他去找他媳妇的大哥去了，他小孩大舅是湖北的一个县委书记，一直在找他失散多年的妹子，说是还要给他安排工作，给他一套商品房。甚至有人记起建军在小孩才五六岁时，有一次闯进大队支书家，说要把一双儿女放大队支书家，自己一人去找湖北的小孩大舅去。被支书臭骂了一顿，才怏怏而去。邻居说什么的都有，如今建军家的院里杂草丛生，闺女出嫁，儿子去打工了，过年也不回家了，似乎王建军的时代已经过去了。

李家宝

严格来讲，李家宝一家人虽住李村，但祖上并不是李村人，他的爷爷本是周口扶沟人，1938年国民党军队炸开花园口黄河，扶沟也成了一片汪洋，李家宝的爷爷便一担两筐把李家宝的父亲和姑姑挑到宛西的李村，也许是巧合吧，逃难的李氏一家落户在李村，姓氏一样，貌似一家，这样也没人欺生了。另外李村坐落在一个高岗上，李村又被称为李岗村，比周围的村庄高出三层楼那么高。这也许正是李家宝爷爷最看重的地理优势了，再也不用怛心自己的后代遭受水淹了，就这样，李家宝的爷爷在李村扎下根了。

李家宝的父亲李大发长大了，因为三代赤贫，每到忆苦思甜大会，都是他一行鼻涕两行泪地痛讲革命家史。讲自己怎样死里逃生，怎样逃难到李村，他也因此很受公社领导的重视，很快被推举为大队支书，但环境改变人呀，李大发很快就变质了，变得讨厌又累又脏的农活了。天天住在村边的农田实验基地里，夏天太热，就搬一软床（用木头和竹片做的可折叠简易床）在树荫下午休，有人来汇报工作，也只是打个招呼，躺床上听汇报。李家宝从小就开始怀疑人生和世界了，原来痛说革命家史的父亲就是这样开展工作的，他也不再以贫民出身引以为傲,还听到了关于父亲的风言风语,甚至有父亲和村里年轻媳妇们打情骂俏的描述,让李家宝再也无法尊敬自己的父亲,他心有苦闷也没处诉说,他从此变得多疑起来,甚至有了"天下无好人"的念头。

后来,李大发终因长期不作为,被公社摘下了大队支书的乌纱帽,成为平民后,再也没人爱搭理他了,还给他整出了一个笑话:李支书睡觉,也算上班!李家宝听了又可气又好笑,总之觉得特没面子,又无可奈何。他认为世界上没有一人是靠得住的。

上初中时,家宝和二姐在一个班里,不知从哪里又传出了二姐和校长关系暧昧的绯闻,他无意中听到了,就开始怨恨二姐不给自己面子,他想:这不是让我难堪吗?后来高中毕业,第一次高考名落孙山,他又跑到县城的高中补习,每天早上五点多就起床背英语和语文,他原以为把课文背会了就能考上大学,但终因基础太差,连预选线都没过就回家了。连考三年,均告失利,均倒在预选这一战役了,他始终没有正儿八经地坐在高考的考场上,他终于知道自己不是上学的料,极不甘心地回家种庄稼去了。

此时好吃懒做的父亲因为失去权力,心理不平衡而愤愤死去。母亲也知道他刚下学,干不了重活,就让他去大队做事。大队也看他父亲的面子和他高中毕业的份儿上,让他当了村里的团支部书记和通信员。农村的团支书说白了就是一个摆设,只有通信员是实实在在的,跑腿发个通知以及送报纸等,他倒是腿勤嘴不懒,只是笑的时候很少,似乎任何事都难以让他笑起来。几年后他结婚生子,但他总是怀疑媳妇和光棍邻居小光眉来眼去，无休止地盯梢和盘问，把媳妇气得回娘家几个月，他妈妈让他去接媳妇，他死活不愿去。

一天，他被逼急了，竟然用刀子割断颈动脉自杀了。据说他死的时候跪在堂屋正中间，似乎在求列祖列宗的原谅。自杀过程中他也后悔了，人们顺着血迹看到他曾到卧室里找来纱布包裹伤口，但后来因失血过多又无人及时发现，终于结束尘世行程而一命归西了。

而此时，他的家族人员做事都已经有了很大起色。大弟弟在电力部门站稳了脚跟，还带着小弟成立了电力安装公司，取得了电力安装资质证书，如今已拥有专用车辆七八台，固定资产五六千万元，家宝在世时，大弟李二宝本曾多次邀请他一起到郑州一起搞电力安装，家宝执意不到繁华的城市，总以为大城市的人更不可靠，更不可相信，他就在自己怀疑一切的心态下悲惨地死去，正如《装在套子里的人》中的主人公别里科夫一样在怀疑一切担忧一切的嘀咕声中死去了，他再也不用也没有时间去怀疑任何东西了，也许正是在他离开人世的瞬间才悟到了活着的价值，但一切都来不及了，看得出来他多想再活一次，再重新展开一段风风火火的人生。

来 娃

来娃是我老家同一个村子的人。兄弟共五人，排行老三，父母早逝，无依无靠。老大、老二各凭个人奋斗娶妻生子，轮到老三来娃就像豆腐渣贴门神，不粘了！论长相个头，不足一米七，皮肤黝黑，国字脸，长相不丑也不俊。

来娃小学毕业后，就再与学校无缘了，开始了亿万农民共同的大业，那就是修理地球了。但来娃却始终从骨子里羡慕有学问的人，由于没钱买钢笔，他就把捡来的钢笔帽插在上衣口袋里，装作很有学问的样子，并且从此出门只穿有胸前口袋的上衣。

终于有一天闹了个大笑话，同村的人急着用笔写个条子，想借用一下来娃的笔，但来娃说没墨水写不成，那人不相信就直接动手抢，结果发现两个笔都只有笔帽而没有笔体。一时间来娃尴尬得满脸通红不知所措，很快全村人都知道了这个笑话，闹得来娃再也不插钢笔帽出门了。

但来娃依然喜欢咬文嚼字，一天他对邻居说：家门上锁，是防君子不防小人（多么文绉绉的词呀），不是防君子不防小人。看呀！多像孔乙己研究回字的四种写法。

来娃和兄弟们分了家，得了一间面东的偏房，因为穷且懒所以娶不到老婆，在被几个媒人骗吃骗喝若干次后，终于死了心。在前几年光荣当选五保户，每月都有一百多元的政府补助，来娃对政府很感恩，还在过年时亲自拿毛笔歪歪扭扭写了一副对联：四季常怀感恩心，五保不忘共产党，小心贴在门框上，据邻居说，来娃对着对联端详了好久，激动得眼泪都流出来了。

上次回村，看到来娃低着头骑自行车上街，我本想问问他过得怎么样，但欲言又止，怕伤了他的自尊心，反正他也没看到我，我也就不问了。

去年，听家里人说，来娃死了！

二　犟

上次回老家，又见到二犟了。

几乎每次回老家，都能看到膀大腰圆的他在"村村通"的水泥路上推着那台老掉牙的轮椅。他在大约十年前中风，从此落了个偏瘫的毛病，走路直打摆子走不稳当，只好买一台轮椅推着作为第三条腿。

说起二犟名字的由来，还得从他小时候说起，二犟小时候并不叫这个名字，他的名字早被人们遗忘了，他打小就脾气倔强，上小学时就敢拿着木棒追打欺负他爹妈的人，又因他排名老二，所以邻居们就给他起了个"二犟"的绰号。

二犟心眼不坏，我们小学一个班，他并没有欺负过女生，有时还能打抱不平帮助弱小的一方。小升初考试时，名不见经传的他，数学成绩居然和学习最好的同学并列第一，他虽然考上了初中，却因父亲有病，又因当时还没推行九年义务教育，家穷交不起学费，所以只有十三岁的二犟就回家务农了。

一回想起和他一起上小学的幸福时光，就不由自主地忆起他不寻常的一幕幕往事。他在上学的路上，一边端着碗吃饭，一边和我一起向学校走去，吃完了，就把碗筷埋到路边的庄稼地里，放学后再把碗筷扒出来带回去。他游泳技术高超，常常一个"猛子"能在水下待一分多钟，还常能抓上一条黄鳝或扒底鱼上来，这是我最羡慕嫉妒他的地方。

后来我上了初中，他就跟着村里的学过武术的我的堂哥练武，其实也只是学几招几式罢了，没有系统专业地训练过，我印象最深的就是"飞踹麦秸垛"（麦秸垛即碾过的麦秆堆成的堆）。就是在距离麦秸垛大约十米的地方，大吼一声，把麦秸垛当成假想敌，急速向前冲，到垛前身体跃起，一只脚和一只手狠狠地打进垛里，这一招一式是我那堂哥因地制宜独创的武术绝技。说实在话，这在当时是太刺激太提劲儿了，这种训练方式代价极低，一来培养了冲刺能力，二来可以提升人们的自信心去战胜貌似强大的敌人。只是第二天，麦秸垛的主人一定会找到二犟家，要揍二犟，他妈妈总是假装要打他，他也很知趣地趁机一跑了之。

到了后来，我到外地求学谋生，听说他去了西北重镇卖菜，后来攀上了机场管后勤采购的一个科长，因机场用各种菜及副食的用量大，又因二犟生性豪放，把赚到的利润一半分给了那个科长，他不出一年就发了财，不仅给家里修了新房，还给他哥也娶了媳妇，据说他的嫂子就是冲着他的大名而嫁给了他哥。害得他不敢在哥哥外出打工的时候回老家，怕多情的嫂子有什么过分之举。

然而，树大招风，利大肯定惹人眼红，一个同样卖菜的河南人来抢夺他到手的肥肉，于是一场为利而来的争斗开始了，由暗斗转为明争,由谩骂转为肢体接触。二犟凭着二百斤的块头和从小在麦秸垛上练就的飞腿在初期打斗时占了上风,但对方岂会善罢甘休,纠集几个哥们把二犟给打得起不了床,据说伤了腰板。于是二犟就收拾行李回到老家养伤,从此宣布退出恩怨是非的江湖。因几年来的好生意换来了颇丰的积蓄,从小受苦的他自然萌生了弥补小时候亏欠的想法,一顿吃二斤半猪头肉外加一斤白酒,谁也没料到,腰伤倒是养好了,但又摊上了中风,落下半身不遂的毛病。以至近十年,过着与轮椅为伴的生活,每次我回老家都鼓励消沉的他坚持锻炼身体,让他每天外出行走,要到微微出汗再回家休息。几年下来,他的气色明显转好,现在能在晴天时,推着轮椅走到四里外的镇上买好日用品再回家,虽然很艰难,但他还是坚持下来了,也不再需要人照顾他的日常生活了。如今,他的独生子也结婚生子了,他不再鼓励儿子出远门打工,而是给儿子买了各种大型农用机械,如旋耕机、收割机等,这样,他的孩子也有事做,还能赚不少钱,也不用到遥远的地方打工了。

这就是二犟传奇的人生!

牛郎织女

1986年7月暑期的一个清晨，刘冀老师骑上她心爱的"老凤凰"急匆匆地闯进郑州市里，到一个灯杆旁下了车，她用眼睛扫了四周，确认没人后才掏出事先准备好的小广告，麻利地刷上胶水，贴在了路灯杆上，还用手按了按。

刘老师就这样重复贴着，清晨的微风吹在脸上，凉爽极了，想到马上能和丈夫老王及闺女团聚，幸福感冲淡了恐惧感，她从四点多忙到六点多，当第一趟101无轨电车从身旁驶过时，她终于贴完了一百张广告，刘老师的脸上浮起舒心的微笑。

广告上的内容是：调换工作启事，今河北石家庄有一位小学教育二级教师欲调往郑州小学工作，正规编制，若有郑州小学老师想到石家庄工作，可两市对调，有意者请与某某联系，最后是联系电话。

贴广告的主意是王校长出的，她知道刘老师和丈夫两地分居的痛苦，刘老师的丈夫老杨是刘老师的大学同学，分配工作时被分到石家庄，而刘老师本是石家庄人，却被分配到郑州。当时分配政策较为刻板，很少顾及个人需求，主要根据国家需要，造成了许许多多两地分居的苦命鸳鸯，甚至有的夫妻退休后才能住到一起。刘老师和老杨的女儿杨柳因为离校近等原因跟着爸爸在石家庄上学,刚刚参加完高考,因为她爸爸的耐心辅导,考上大学是很轻松的,她报的第一志愿是郑州大学(配合父亲调到郑州),第二志愿为河北大学。

不出半个月,刘老师接到一个电话(当然是学校值班室的电话),对方说:"你是不是贴过一个调换工作的广告?现在有人对此感兴趣,你能不能马上来一趟?详细情况面谈。"刘老师当时就心花怒放,立马应承说,马上过去。待她到了地儿,发觉不太对劲儿,怎么到了派出所了?一个干部模样的人接待了她,原来是市创建办搞文明城市建设,发现城市牛皮癣泛滥,现到了整治的时候了。刘老师一下子吓得直冒冷汗,她想到自己教了大半辈子书,却触犯了法律,以后可咋在学生面前抬起头?好在派出所领导听了她的辩解,也挺同情她,说不再追究她的过错,但要学校来派出所领人。刘老师悬着的心终于放下来了,她直接用派出所的电话给王校长通话,王校长接完电话,便火急火燎地来派出所把刘老师接回学校了。

刚到学校传达室,看门的阿姨便喊:刘老师又有找你的电话!刘老师惊魂未定,不知此电话是吉是凶,但也只能硬着头皮接了。原来是一郑州人打来的,说她老婆在郑州一重点小学上班,想调回石家庄照看体弱多病的双亲。他是在看到环卫工人在清理小广告时,才注意到小广告上竟还有这么激动人心的消息,并且说她老婆在郑州的学校早就同意放人,可以马上办理调离手续。

刘老师一下子悲喜交加,感叹世事无常。王校长在一旁听着,也激动得老泪纵横。本来正在自责自己的贴广告的馊主意害了刘老师，不料竟又成全了刘老师，于是王校长情不自禁地搂着刘老师连称"祝贺、祝贺"，把门岗阿姨看得目瞪口呆。

手续办得出奇地快，秋季开学前手续办妥，老杨顺利地到了市重点小学报到上班。但刘老师却怎么也高兴不起来，因为老杨的一套石家庄房子退了，到了郑州市重点小学反而没了房子，刘老师所在的学校也没有房子，他俩就只能挤在单身楼里。而原来替换老杨的那位老师有一套房，原本是给老杨的，但学校照顾一位老校长而给占用了。老杨初来乍到，也不便和老领导抢房子，但重点小学领导答应给老杨腾出一间房子。就这样，从石家庄拉回的家具只能在两个学校的单身楼各放一半。因为刘老师和杨老师所在的学校，一个在郑州西北角，一个在东南角，相距五十里，坐公交得转3次分4段，共需两个半小时左右，若骑自行车，则需要三四小时。老杨骑了一回便累得趴下了。所以刘老师和杨老师的分居由一学期见一面改为一周见一面。还有宝贝闺女仍留在石家庄上大学，也只能在寒暑假才能和父母住一起。说住一起也不方便呀，因为女儿长大了，不能再和父母同住一室了。于是在假期她只能住在爸爸的单身宿舍，而爸爸妈妈只能住妈妈的单身宿舍里，后来杨柳出了个主意：让爸爸天天来回跑，自己和妈妈住妈妈那里。

为了女儿，老杨也只好这样，他突然想到：原来还和女儿一起住两居室，现在成了单身楼，还天天两头跑，女儿假期，自己倒又回归到了原来的牛郎织女生活,他想到了杜甫的一句诗"安得广厦千万间,大庇天下寒士俱欢颜"和可恶的王母娘娘用银簪子画出的银河阻断了牛郎织女相见的场景。他现在过假期还不如平时,上班时还能一周一见,假期了要天天见太累,坐公交一个来回就得 5 小时。不到一周,刘老师便心疼起老杨了:干脆假期间我们三人蜗居在我宿舍,中间拉一帘子就中了。他们一家三口又回到了多年前父女两人到郑州看望刘老师的那种场景。这次稍有改变,让母女俩睡大床,自己睡折叠床,虽憋屈但一天能省五个小时的车程和十元车费。第一天睡折叠床,老杨就做了一个梦,梦见自己的学校要建家属楼,还梦到学校要搬家搬到市中心了。

第二天,同事一大早就打来电话,说学校真的要搬家了,只不过不是市中心,而且搬到新郑港区,乖乖,由原来的 50 里变成了 120 里,而更令一家三口震惊的是:杨柳因郑州大学录取分高而被第二志愿河北大学录取,一家三口变成两地三处。老杨只能在寒暑假和老婆女儿团聚了,老杨哀叹:"我这一辈子就是牛郎的命呀!"

就在老杨哀叹命苦之时,校领导给他来了通知,鉴于他没什么家务,而小学女教师多要照顾儿女,学校把去云南支教的唯一名额给了老杨!

怒放的生命

人生随笔

怒放的生命

1967年正月底,我出生在豫宛西地区的一个偏僻的农村。母亲因为心地善良却又手脚笨拙,看惯了世态炎凉,经历了冷漠和无奈,在我一岁半时离世。长大后我的性格变得孤僻起来,虽有奶奶照料我的生活,但比起有妈的孩子,终究像离藤的瓜儿一样高兴不起来,以至于很少开心地笑过。在当公办教师的父亲的照顾下,特别是在小学三年级得了一个三好学生的奖状后,学习逐渐好了起来,大家都清楚,在学校只要学习好,自然受到同学的尊重和老师的垂青,我渐渐有了一些自豪感和成就感,以后就形成了良性循环,越发地喜欢上学习了。原来在知识的海洋里能有那么多的快乐,如饥似渴地学习着,享受着众人的羡慕和赞许,脸上逐渐有了一些笑容了。

转眼初中毕业,大概在1982年吧,正好赶上国家第一次在初中毕业生中选拔小中专生,也就是区别于高中毕业的大中专生,我凭着高分被内乡师范学校录取,但经人点拨,说我底子厚完全可以先上高中再考大学,我也觉得有道理。就把自己到手的"铁饭碗"拱手相让,开始了一段新的充满赌博性质的人生,很多人说我傻,我却不认命,偏要赌一把。

高三上了两周了，我突然对自己不自信了（其实当时班里80多人，自己的成绩排第九名，在重点高中也算好成绩了）。我开始想：若一年后考不上大学怎么办？自己就一书呆子，没有社会经验和关系，又不善言谈交际，我满怀狐疑地找到高二班的班主任，班主任听完就说，那你把凳子搬回来吧，因为当时没有学籍制度，班主任就可决定留级一事了。

最终我有惊无险地考上了当时西南第一名校，当时心花怒放，喜不自禁。有些像孟郊《登科后》所写的"昔日龌龊不足夸，今朝旷荡思无涯。春风得意马蹄疾，一日看尽长安花。"自此从农村走向巴山蜀水，走向一个决定自己一生的城市。

四年的大学生活使自己变得成熟起来，除了专业知识，也学会了一些做人的道理。依然不善交际，但自信通过努力一样可以取得辉煌成就。后来分配到河南省城郑州，做了一名教师。平淡的生活很少荡起激情的浪花，虽也敬业忘我地工作，获得了同事和学生的肯定，但始终无法使自己真正快乐起来，在心灵的召唤下，我在工作七年后停薪留职，下海做生意。因为没钱、没经验也没技术，在经历过多次挫折和失败后，终于在五年后生意有所起色，还完了贷款。还清外债的轻松喜悦是无法与人分享的，只有自己知道。以前对我持怀疑态度的人对我也树起了大拇指表示祝贺。要知道他们中的大部分人条件比我好，但我吃得了常人不能吃的苦，磨难使我变得更加成熟，也更深刻地认识了现实社会：没有什么是不公平的，只要自己亲力亲为，你取得什么样的结果都是正常的,无论是失败和成功,那都是有原因的。虽然你努力过、哭过、痛过,但却不一定成功,若你不努力付出,那结果注定是失败。我从此不再羡慕其他人的成功与风光,成功与风光的背后,谁又去知道你的泪水与辛酸呢?

花朵开放的动力来自内部,若一朵花不愿开放,依靠外力是掰不开也无法使其怒放的。一个人的成长在关键时段会像花开一样生机勃勃,不负大好春光韶华。

一个农村的孩子,没有任何人提携,生命中的贵人就是永不言败的信念和脚踏实地的行动。愿年轻人都能勇往直前,抱定"天生我材必有用"的信念,风风火火,不白活一回,愿大家都能遵从内心的呼喊,去实现在人世间应该完成的梦想,能在自己暮年时,问心无愧,坦然离去。

愿我及所有人都能"生似夏花之绚烂,死如秋叶之静美。"愿生命如花儿一般尽情绽放!

我与老师

我的爷爷在解放前一直教私塾，村里村外的弟子都很尊敬他，据父亲说，一个同村的爷爷教的弟子出于对爷爷的无限崇敬，把自家舍不得吃的老南瓜扛给我爷爷吃。那时，一个先生半个医生，许多看不起病的村民找我爷爷讨要药方，竟也看好了好多病。

父亲也于解放前当了教书先生，虽只有高中文化，但在当时也相当于秀才，颇受人尊敬。轮到我初中毕业考上内乡师范却不上，而上大学后又阴差阳错当了老师。当时省电力公司招人，没说是招老师，但报到后方知自己真是命中注定，还是当上了老师。

回想上学期间，说良心话没遇上让我没齿不忘的恩师，这倒不是我知恩不报或铁石心肠难被感化，而是因为自己的出身和内向胆小的性格，没人愿过多关注一个不善言谈且面无喜色的学生，我不怪教过我的老师，他们也是人，有血有肉有情感，谁不愿见到阳光灿烂的笑脸呢？

记得小学一年级，一个下午，因中午午休睡不着（小学在校统一午休，我竟没一次睡着过，都是闭眼假寐以骗过来回巡视的班干部），到了下午两班合堂时，我睡着了。被老师拉到讲台上罚站，当着两个班的学生站着简直羞辱死了，至今我都不能忘记那个老师，我认为老师太伤我幼小的心灵啦。

到了三年级，自己终于在学习上开窍了，第一次得了奖状，我那幼小而怯弱的心终于感到有阳光照进来，高兴起来了。

到四年级，来了一个深眉大眼的女老师，白白胖胖的，笑眯眯的，对我也好多了，大概是因为我学习好的缘故，她关注我稍多一些，我认为她是一位母亲一样的老师，她的名字叫李佩兰。大约在四年级下学期，又来了一位苗条瘦高的女老师，她教我们唱《南泥湾》时的神采飞扬和嘴角微微翘起的样子，至今都浮现在我的脑海里。

到了五年级，数学老师叫周锦绣，中等个子，走路慢慢地。一次学习 4/8 约分，她让我们一次约 2，约两次才约成 1/2。我当时站起来说，为何不用 4 约，一下就成 1/2 了。她称赞我是"小科学家"，有头脑。这一表扬让我学数学的劲头变大了，周老师呀，我感激你的一句表扬，让我受益终身。

语文老师姓李，多才多艺，讲一口当时农村少有的普通话，擅长绘画，他给我们公社画的地图被当时公社采用。学生们都爱他，女同学甚至在端午节把煮熟的鸡蛋拿给他吃。但不知什么原因，他只喜欢女同学，不喜欢我。记得有一次，临近小学毕业考试，我跑到他办公室问星期天还补不补课，他竟冷冰冰地说：你学习好，你可以不来呀。我当时感到很尴尬，觉得自尊又一次被伤害了。以至于我一直不太喜欢他，虽然他讲课讲得好，但我却对他尊敬不起来了。

鉴于以往的教训，我做了老师甚至当了班主任后，从不恶言恶语吼学生，即使他们犯了天大的错，我也至多带着调侃的语气给学生讲大道理，效果还是很不错的。

"良言一句三冬暖，恶语伤人六月寒"，老师的一言一行无不左右孩子们的心灵。老师的话，春风化雨，滋润着干涸的土地和秧苗，愿普天下的教师们都能真正怀着爱心，把孩子们当成掌上明珠，不再恶语相向，勿使孩子们心灵再受伤害！

过 年

今天又是小年了，回忆自己所过的几十个春节，唯有童年时过得最开心，因为，小时候只有到过年才能吃到好的，才能穿上新衣服，另外还有压岁钱，可以买自己想要的东西，小时候又没有来自金钱的压力，反正有大人扛着，小孩子无忧无虑只想开心地玩啊疯呀。

我上小学时，大约小年时才放寒假，河南南阳人有小年烙火烧的习俗，大概人们是想让第二天即腊月二十四祭灶节时让灶王爷用美食填满嘴，认"上天言好事，下界保平安"，那时的火烧和现在的火烧差不多，只是多一些葱油和小磨香油，口感香酥。加上当时刚交小年还没什么好吃的东西，所以用白面做成的火烧吃起来就特别香了。当然也有因火急制成糊饼的，但去掉糊层味道还是不错的，只要烙熟了，对于年少的我来说，就是美味佳肴了，因为在平时只能吃又黑又硬的红薯面馍，除了过年，很难吃上又白又软的小麦面馍。

那时过年时天气寒冷，现在真是全球变暖了，冬天变得不太冷了。我上小学时，春节前后，村边小河常常结着一寸多厚的冰层。小孩子们在上面跑来跑去也不害怕。茅草房上结的冰棒子有一米多长，我和小朋友便扯下冰棒子像扛枪一样扛着在村里到处炫耀，比一比谁扯的冰棒子更长更粗，还吃冰棒子，当时也没感到有多么凉。

捡鞭炮也是春节时很有意思的一件事，起初几年打着灯笼去捡，到后来我买了手电筒，终得鸟枪换炮，装备升级。常常听到哪家放鞭炮，就第一时间冲过去，主人一边放，我们一边捡。有时主人家怕我们说没有，不吉利，就在燃放鞭炮前，在门口撒一些零碎的鞭炮，主人家最想听到的是"这一家多呀"，若听到小孩子说"这一家一个都没有"，往往会犯心病，一年都高兴不起来，心理上总有阴影挥之不去，若一年内遇到不顺利，就会把厄运归结于春节小孩子的一句随口说的话，原来很多人都想开年大吉，想在新年听到吉利的讨彩头的话呀！

那时的春节娱乐项目不多，在农村老家，有荡大秋千等，往往每个自然村都绑有一两丈高的秋千，把绳子拴在距地面一丈多高的相距三五米的树干上，树前后应留有足够的空间以免碰坏东西，秋千荡起来有两三米高，让人有飞起来的感觉。

另外老家有大年初一登山的习俗。往往在初一拜完年（一般在村里转一圈，需要两个小时左右，还不能家家都喝酒和过长停留，在一家停留时间一般不超过 5 分钟，否则转遍一个三百多人的自然村，两个小时是远远不够用的，也有人转得慢，转到快中午，很多人都上山玩去了，才转到人家家里，结果是没见到人，悻悻而归，若对方是好争竞（计较）的长辈，还会去找那些没给他磕头的晚辈。我就有个堂奶奶，虽八十多岁，但记性很好，一点也不糊涂，一年大年初一中午，

人生随笔

她拄着拐杖去她的一个孙子家，说孙子没给她磕头，原来她从早上四点钟就在家里太师椅前铺好一个凉席，还在上面放了一个大枕头，以备晚辈们来磕头不艮（艮，硬而刺痛）膝盖。她左等右等，就差这一个孙子没来。所以临中午时她去找他说："你是不是等着奶奶给你磕头？"那孙子原认为初一早上人多，老奶奶也记不请谁去谁没去，就偷懒没去，但却被火眼金睛的奶奶给查出来。吓得那孙儿立马跪下给奶奶磕了三个响头，祝奶奶福如东海长流水，寿比南山不老松，这才让奶奶息怒。原来她忘了奶奶的绰号叫"清楚张"（她奶奶姓张）。

到了成年，每过腊八，便觉得有一种蠢蠢欲动的欲望，像是激活了童年的记忆碎片，我又一次想起在上初中二年级即13岁时的除夕夜，华灯初上之时，我提着手电筒冲出院门去捡鞭炮时，突然觉得我已经长大，不能再和小学生们一起捡鞭炮了，从此自以为长大，开始用虚伪包装起自己，就此失去了童年，也失去了原来过年的温馨感和甜蜜感觉，直到今天，也只能在梦里和回忆中回到过去的春节了。

油馍和枪

随着年龄的增长，人们更喜欢回味逝去的童年，童年是故乡袅袅的炊烟，又似牧童横在牛背上吹出的悠扬婉转的牧曲，令人心醉，欲罢不能。

童年的回忆是模糊的，也是清清楚楚的。之所以说是模糊的，是因为年代久远，之所以说清清楚楚的，是因为儿时的梦没有被掺假，没有被世俗污染，它原汁原味，始于本原，始于人之初对美好世界的惊讶和震惊。

从哪一天才开始形成记忆？我不知道，我只知道从出生之时起，感受到的每一个时刻和事件都深深地刻在我们脑海里。虽然可能才刚开始咿呀学语或蹒跚学步，但对世界的印象已在累积，我甚至记得自己小时候被父亲抱着，由诱人的香味所驱使，走到正在下油锅炸油馍的邻居十一奶家，十一奶笑眯眯给我递来一个黄亮亮、香喷喷的热油馍，我咬了一口，那个美味直击我心，现在还记忆犹新，以至于那盏煤油灯发出的昏黄光亮和新炸的油馍，还有十一奶的灿烂笑脸都留在记忆深处。我不知道我当时有几岁，应该四五岁吧，总之连我也不清楚，但却成了我的最早记忆。

人生随笔

上小学以后,记忆渐渐清晰起来,那时流行玩火柴枪和楝籽枪,下面给大伙分享一下。

先说火柴枪,就是利用废弃的自行车链条作为主要原料,先把拿到的链条上的连接轴分开,得到一节又一节形状一样的链节(原材料也是很难得到呀,总是想在路上或别的地方捡一节,但由于车子本就不多,所以很难遇到),用粗细适中的钢丝弯成枪架,把一节一节的链节穿在枪架上,然后再在链节的另一轴孔里装入自制的撞针,用橡皮筋拉紧。并把撞针连在扳机上,这样一把火柴枪便制作完毕。你把火柴头上的料,用小刀刮下填入这一轴孔内并塞实,外面一端插上火柴杆,一切准备好,就扣动扳机发射了,随着呼的一声枪响,一阵青烟升起,火柴杆便瞬间被加速推到前方,深深地镶嵌进厚实的树皮里,可见威力巨大。

再说一下楝籽枪的制作,这个更加简单。暑假时,我们便利用楝树上结的青青的果实作为子弹,用竹竿做为枪筒,再用一根筷子在其一端缠上布条作为活塞。为保证子弹的轻盈和枪筒两端的楝籽大小均匀,我就把直径1毫米左右的青楝籽切成两半,在枪筒两段各装入一半,装的办法就是把一半楝籽立起来,有平面的一端朝下,这样就把枪筒向下压在那半个楝籽上,楝籽便老老实实,稳稳地嵌进枪筒,另一端也如法炮制,然后把活塞从枪筒一端推入,利用气体压力将另一端的半个楝籽推出,以此类推,后面的子弹被推到前面,前面的子弹发射出去。这个枪很厉害,可以把楝籽推到十几米远的地方,打到人身上还是很痛的。我和伙伴们举行比赛，比远度和准确度，用一张旧报纸画上同心圈作靶子，还要在比赛结束后统计成绩，看谁打得更准。

两军对垒

我上小学时，小孩子们特别喜欢玩两军对垒的激情好戏。

有一年，我大约上小学三年级，我村的小学生和黑河对岸的申家小学生掐上了。记得一天下午放学回家，临着黑河边上的大榆树上贴着一张战书，上面用铅笔歪歪扭扭地写着：今天下午放学，我们申家的小学生们要和你们杨家的小学生们战斗一场，以决胜负。规则是：不准惊动大人们，打仗时不得越过黑河，各把一边。可用石头弹弓和箭，另只打不骂，文明战斗，若有伤员自行解决，不得讹诈对方。

我和小伙伴们看到战书，一下子来了精神，一位大我两岁的堂兄小方自荐为队长，还骂了一句："欺负到老子头上来了！"于是领着我们开始紧张备战。这个堂兄学习不好，但玩打仗那是一个高手，迅速招呼大伙准备。一部分人回家拿铁锹到河岸上修战壕，一部分准备弹弓和弓箭，所谓弓箭是用竹竿或竹板弯成弓，用细树枝或高粱的细杆为箭杆，再在一端套上有尖头的竹筒。

战斗很快开始了，一边有二三十人，全是清一色的胆大男孩子，女孩们早被吓得无影无踪了。对方显然是有备而来，河对岸的领头开腔了："杨家的人，你们听着！今天我们在此决一雌雄，但必须按照规矩来,不准骂人,不得过河。到天黑看不见人时就结束!"我那堂兄也叉着腰回应:"我们和你们一无仇二无怨,你们为啥和我们开战?"

对方一时语塞,很快有人接上话茬儿:"上次我们在河里捉泥鳅,你们故意溅水,害得泥鳅都跑了。"这边也被激怒了:"那你们咋不说,你们先把我的裤头弄湿了。"经过一番唇枪舌剑,人们内心的阴暗面被勾出来了,双方都被激怒了!自然是话不投机半句多,很快就打了起来。只听黑河两岸喊杀声此起彼伏,双方互相扔石头、射箭并用弹弓弹小石子。后来发现那一天刮西风,对方为顺风,而我们为逆风。他们可以轻松把石头子扔过来而我们则较为困难。很快我方的明三头部被箭射中,好在是强弩之末,箭速已很慢了,只是扎破了一层皮,但鲜血还是流出来了,我们劝他回家,他却说:"我轻伤不能下火线,绝不当逃兵!"就这样一直打到天黑方才收兵。大家群情激愤,意犹未尽。

后来双方都觉得上次打得不过瘾,改变了战法,由我方下战书挑战对方,并注明:本次交战,由双方领军人物一对一对垒,其余人当裁判和啦啦队员,具体约定:1、爬河坡比快慢;2、抱石头爬河坡比快慢;3、潜水比时间长短。

待我方写完战书后,我那堂哥小方让我去送战书,他看我有些犹豫,就说道:"两国交战,不斩来使,怕啥?"我实在没法,就硬着头皮到了河对岸,路边正好有一棵大椿树,树身上正流着椿胶,我看四

人生随笔

周无人,像小偷一样麻利地把战书贴到椿树上,检查粘牢后急忙溜回杨家了。

第二天,大战如期而至。但双方的小朋友们不再怒目而视了,而是坐在一起文明观战。前两局,我方的队长小方和对方队长小明各胜一局。在激动人心的第三场比赛中,我那最能憋气的堂兄小方终于胜出,让我们杨家将们终于扬眉吐气一把,我那堂兄也因此继续确保了队长的地位,一直到我小学毕业。

我的童年里,两军对垒最为好玩,让我至今记忆犹新!

逃 学

我在上小学一年级时，可能是还没开窍，有些讨厌上学，就和我一个同班的堂哥商量着逃学。

一天，我俩吃过中午饭，背起书包装着和别人一样高高兴兴去上学了，到了河边看到没人盯梢，就折到河边去了。

两人一下河坡，便被眼前有趣的美景吸引住了，且不说那清漪漪的河水哗啦啦地流淌，更有不知名的五颜六色的小花迎风摇曳，这些对于我比枯燥的学校有意思多了，于是我们两个人就在河坡蹦啊跳啊，玩得不亦乐乎。

突然，有一人掂一渔网走过来，看到我们两个人，也没问我们为何背着书包不去上学（估计他也不是啥好学生），就说，我要使网逮鱼，你们来帮忙吧？我俩自是想瞌睡有人送枕头，于是乎一人帮他拎鞋，一人帮他抱衣服，很愉快地投入到逮鱼这一有意思的活动中。

不只是点儿背还是什么原因，一个下午只逮到一条大约半斤重的小草鱼，当我们听到学校放学的钟声，我俩提出要回家，我那堂哥还直勾勾盯着我拎着的那条鱼。打鱼人实在没法就把鱼给我俩了。

我俩飞也似地跑回家，堂哥抱柴我拿铁勺子和油，把事先收拾干净的鱼给煎了。俩人吃得真是香呀，虽说逃学不光荣但这件事却永留脑海，挥之不去！更为神奇的是，家里和学校竟然没人过问，第二天我俩又若无其事地去上学，没有一个老师过问此事，至今我都感谢老师的宽容，也许是他没在意这件事吧！

我的高考

今年因疫情影响，高考时间推迟一个月，即7月7号开始，这令我想到了34年前的7月7号，我在内乡参加高考的一幕。

自1977年恢复高考至今，已有44次了，高考在人们心目中成了公平选拔社会人才的阶梯，也成了公平、公开、公正的代名词，虽也有个别考点有舞弊现象，但绝大多数是公平的。高考给了出身寒门的人一个公平机会，给了农村人一个鲤鱼跳龙门的机会，让每一个有志有识青年都有"朝为田舍郎，暮登天子堂"的机会。

高考是一场千军万马过独木桥的竞赛，30多年前，录取率极低，河南省高考录取率就更加低了。当年重庆大学（现A区）只在河南招80人左右，而在四川招800人。因此能考上像重庆大学这样的大学的人已是凤毛麟角，我当年考上重庆大学，全村的人都高看我一眼，甚至有人说，国家要用小轿车把我拉到重庆，可见在当时有多风光。现在的大学生太多了，毕业后还得自己找工作。而在当时能考上中专也是端上铁饭碗了，至少农村人转粮油关系，一步登天，成了吃"卡片粮"（当时农村人对城市人们购粮油本的称呼）的城里人了。

当年我们高考，是两县考生互换考场，是第一年互换大概也是最

人生随笔

后一年互换考场，记得当年我父亲给我30元让我到内乡高考时用，因为裤子口袋烂了一个洞，钱竟丢了两次，但所幸都是当场找到，到了异地看似公平，但劳民伤财，晚上太热，又因为初到异地，晚上久久难眠。考得不太好也是在所难免。有一个小插曲：当年的生物卷有一处错误，监考老师把正确题目写在黑板上，但由于我眼睛近视，又离黑板远，自然就看不清楚。举手申请走近细看，但遭到铁面无私的老师的断然拒绝。不过还好，"青山遮不住，毕竟东流去"，凭着我较为扎实的功底，最终考入重庆大学。

那一年我们班还有一件较为奇葩的事，一个同学忘了做数学卷子的最后一面，结果只考上了中专，他本是上大专的水平。他最终上了警校，又因偶然出车祸身亡。同学们都在说，要是他做完了最后一页，考上大专，或可平安活着！但人生不容假设。我班还有一女生，平时物理一般，但那次超水平发挥，考了81分（满分为100分），和我班学霸考得一分不差，而各门功课都是中上等的我，物理成绩才67分，当年物理的复查分数为50分，可见当年物理题有多难，多项选择题还可倒扣分，即防止概念不清的人瞎猜而得分。现在想来，似乎也没什么道理，以后的高考题就不再有倒扣分了。倒扣分就像做一件事没做好，不仅没功劳，反而受了处分了。

今年高考比往年整整晚了一个月，考生们多复习了一个月，不过，大家都是公平的，还在同一起跑线上，同时也给辅导机构多赚了一个月的钱。

如今，高考已成了7月份的大事，小学、初中及高一、高二年级提前放假，另外考场还得加强疫情防控。今年也是全体考生进考场要测体温、戴口罩的第一年，但愿是最后一年了。

童年的电影

我出生在1967年,小时候的农村老家没通电,当然也没有电视,收音机就算是奢侈品了,大多数人除了吃喝,没有余钱去买那些不当吃不当喝的家当。每家每户唯一都有的是有线广播。一天三次在吃饭时间播一些时政新闻及天气预报等。农民们的娱乐活动很少,能看上一场电影可称得上是一顿精神大餐,虽然《地道战》《地雷战》《南征北战》《渡江侦察记》等都已看过超过十遍,甚至有人把台词都记下来,但再看一遍总比在家睡大觉、侃大山要好很多。

我们大队有一个民办教师,制作成了"土电影",即自画图片放幻灯,他则充当解说员。每张画都画在统一尺寸的透明胶片上,画时要注意底片与显示是左右相反的,后来才知道这是根据"小孔成像"原理。准备一场幻灯片放映,得画几百张胶片,常常要准备很长时间,电源用手电筒即可。

后来电影逐渐代替了幻灯。但放映起来则麻烦多了,一般需要两到三人,一人伺候汽油发电机,一个放胶片。放映前还得"倒带",即把上次放过的胶带再倒回来,从头开始。一般一个大队一月能轮上一次,大队放电影一次和过节一样热闹,除了给自家人占位外,还要给邻村的亲戚朋友占位，家里的凳子有时都不够用。因为那时农村照明还点煤油灯，当发电机带动白炽灯亮起时，感觉像过年一样神圣，白花花的灯光照在小孩们的眼上，小孩们都不愿眨眼睛，生怕漏掉了一段幸福又刺激的时光。

那时的发电机电压不稳，会因瞬时电压过高而造成胶片烧毁，常常正看着电影时，突然银幕上一片变成黄色且渐渐扩散，电影放映随即暂停，放映员开始剪掉烧毁的那一二十节胶片，然后再把剩余的胶片接起来。脸皮厚的男孩子会缠着放映员，要那一段剪下来的胶片，一旦胶片到手，就会大呼小叫向同伴们炫耀战果。

记得有一次，几个大队同时放映一部片子，胶片需要有人骑自行车从一个大队带到下一个放映点，因一下子带走两盘胶片，放映员搞错了顺序，把后面的那盘胶片先放了（可能是放映员看了太多遍了，根本就没有仔细检查），这下子闹了个大笑话，主人公在第二盘胶片放映时，状态为壮烈牺牲，但到了放第三盘时，主人公又活了过来，并且毫发无损，一个离放映员较近的妇女对同伴解释道："这是倒叙。"放映员正好听到了，在一边捂着嘴偷笑。看电影次数多了，就积累了一些经验，每次没占座位或迟到时，就到银幕后面（现在银幕都贴着墙，也就没有后面啦）观看，虽后面字幕是左右相反，但人数少，可以凑合着看。

再说说到外村看电影的趣事吧！因为本大队大约一月才有一次看电影机会，太少了！于是就有了到外大队看电影的想法，常道听途说

人生随笔

某村有电影,但当时没电话,也没手机,打听有无电影的确切消息。那时我们村就有一帮以年轻人为主力的"电影铁粉"为看一场电影四处奔跑,常在晚饭后活动,只因捕风捉影,听说某村有电影,一二十人便结队踏上看电影的征程,一路上歌声、喊叫声响彻天际,又常常惹得沿途村里的一些人也加入行列,有时能看到电影,有时到了目的地,却发现根本没有电影,人家村里人说不知道这回事,众人只能悻悻回家。大家也不怎么相互埋怨,只当是饭后"集体散步"啦。

小时候看电影的趣事太多了,当时虽然吃不上啥好的,但是比现在快乐得多,也简单得多。如今坐在电影院里看电影,却再也找不到当年看露天电影的快乐了!

分配工作

1990年7月初,我怀揣派遣证,怀着复杂的心情,踏上回乡之路。

说到复杂的心情,当时的心情还真是挺复杂的,既有终于结束求学生涯,盼到了分配工作的小激动。又有和四年朝夕相处的同学们的难舍难分。有几个送我到火车站的同学,流下了一行行热泪,是呀!此去天各一方,不知何时再相聚?并且大家都知道一旦大家天南海北地散开,再凑齐是很难的了。人生就是这样,有各种不确定性,世事无常啊!

临毕业前,同学聚会几乎天天有,再加上照片的冲洗费,虽说重庆那时的冲洗费,每张只有两三毛,而且显然色彩有些失真(和大的照相馆对比,重庆的小的冲印点用料一定是比较凑合的,但当时比其他城市要便宜很多,甚至要便宜一半),但数量太多也是花费不少。这样很快花掉了为数不多的伙食费,虽说已向家里和亲戚多要了二三百块,但还是很快用完了。像请客这种事,因为别人请了你,你不可能不回请,礼尚往来是中华民族的优良传统啊,所以到了最后把行李打包托运后,我只好跟着一个同班的洛阳朋友一起回河南了,因为他

人生随笔

还有不少余钱，回程路费和路上的饭钱基本都是他掏的。当时因为夏季山洪暴发，襄渝线上的一个铁路涵洞被冲塌，我俩只能绕道包成线，经成都、宝鸡、西安再进入河南。

当时回河南的心情是复杂的，更是空落落的，因为对未来生活和工作的恐惧和担忧，而且我恋家，不愿去四川山区做拿双工资的军代表，这也是我成不了大器的表现，好男儿四海为家，但我没做到啊。毕竟自己离开家人的庇护，单独走上未知的工作单位，自己去干什么都还被蒙在鼓里。像是古代披红盖头的新娘子一样，连新郎官是什么样子都不知道，只能一遍又一遍地想象着。不同于现在，大学生虽不包分配，但起码工作是自己找来的，去干什么，自己非常清楚。我清楚地记得我的派遣证上写的工作单位是：河南省电力工业局。这是一个被老百姓称为"电老虎"的很牛气的单位，当时我第一时间得知被分到此单位，我的第一感觉是不论干什么具体工作，工作条件和待遇坏不到哪里去。后来在洛阳做短暂停留，又得到了另一朋友的粮草赞助后，于7月5日到达郑州。

到了郑州，到河南电力工业局人事处报到方知：我又被二次分配到河南电力技工学校，并被告知学校马上放假了，抓紧时间去报到吧！就这样到了河南电力技工学校报到，当时已快到下班时间，到了学校人事科报到后，人事科让后勤把我安排到学校招待所，那几天，天气出奇地炎热，连蝉的嘶鸣声都显得断断续续，有气无力。招待所给了我一间顶楼的房间。房间太闷热了。下午往地上泼几盆水，再打开窗户出去吃饭散步。一两个小时回去，地板还发烫，我也只能铺一席子在地板上睡觉，睡床上更是热得受不了。

紧接着就放了假，学校给我发了两个月假期的工资，每月97元，两个月不到200元，但就是这个工资水平在当时也算中上等了，有中专毕业的，一个月40多元的也有，也只是够一个人的生话费。后一直工作至今，虽也经历种种变故，但一直没离开原单位，回想起来，自己命中注定就是一个教书匠了！

人生随笔

驾照趣事

能开汽车是我从小的梦想。因为我上小学时,汽车还很少,我村有一人把单位的解放牌汽车开回村子,我们一群小孩子爬到车厢里面又蹦又跳,就像过大年一样开心。那时我就想:啥时我也能开汽车兜风,那该多风光呀!

后来上班不久就停薪留职,下海办厂,很艰难地干了一些活儿,但有些钱却难以要回来,一天一个欠我钱的客户对我说,单位决定用一辆7成新的昌河面包车来抵欠我的1.8万元,给我半小时考虑时间,当时的情况是该单位确实欠了很多客户的钱,我若不要车也要不到钱,这个车当时值1.5万,按1.8万也算合适。所以我决定要下这辆半旧的枣红色的面包车。但自己没驾照,就只好让有驾照的内弟帮着把车开回工厂,从此成了有车无驾照的人。

有了车不会开,手头直痒痒。在内弟的辅导下学会开车,但没驾照上路心虚,只能拿着我内弟的驾照,开着车再去考驾照,我也成了一朵奇葩:开车去学驾照!但在当时确实是这样,只要你带上驾照,不管是不是你本人的,男司机拿另一个男司机的驾照,年龄不要相差太多,警察都会放行。在现在这样行不通了,因为现在网络太发达,警察手中的警务通可以揭穿所有谎言，无证驾驶，除了罚款，还要面临15天的拘留。

当时在郑州没驾照还好，但到外地更加心虚。一次我驾驶面包车到洛阳市区，被一正处理车祸的警察招手示意停车，我因做贼心虚，当时吓出一身冷汗，但神奇的是等了漫长的几分钟，他并没有过来，摆摆手让我走了。我开过红绿灯在路边停下来，长长地出了一口气，此时才发现我的内衣都被汗水浸透了。

20年前，有相当多的驾照都是掏钱买的，我偏不信这个邪，我一定要按正规程序考取。其实当时考驾照，相对比较简单，理论考试通过后，下一步就看你倒甲乙库能否通过，而路考都是走过场，补考费只要交齐，是保证通过。当时还没有单边桥、半坡启动、侧向停车、压饼等科目。但就这一倒库就足足折磨了我一年，师博教我们一些小窍门，诸如车上的某一位置到标杆或标线的某一点时把方向打死即可入库。总之，几乎每个驾校师傅都有土办法，帮助学员过关。

说到驾校的老师或师傅，一言难尽。驾校为减少开支，常返聘一些退休的老司机做驾校老师，他们的水平参差不齐也就在所难免了，这个水平主要是指道德修养方面，而技术方面自然由驾校老板把关了。我的一位驾校师傅小学毕业，但驾驶技术过硬，他当时学驾驶整整学了一年，还是脱产专业学习，但常问学员要东要西，学员干啥工作他都记在一个随身带的小本子，我当时搞金属表面静电喷塑，他知道后，就先让一个搞金属加工的学员给他免费制作一个铁桌子，然后再让我

人生随笔

为桌子表面喷塑，我虽然看不惯他平时向其他学员索要烟酒，但我还是把那桌子喷了塑，后来只是因为忙而忘了给他送桌子，他就很不高兴。我们都知道他的行为已构成索贿罪，但谁又会去告发他呢？他其实也不易，一个人才六七百元的工资（20年前，平均工资1000元左右），还有没有收入来源的老婆要养活，但我只是觉得人要活得有骨气，不能下作。当然还有更加出格的，有直接索要现金和揩女学员油的，不胜枚举。

该说到倒库考试了，我前三次有6把倒车的机会都没抓住，全部失败了。由于我只参加考试而不练车，失败自然是难免的。第四次考试时，值班民警认出了我，把我叫到跟前说，你考了好几回了，我对你都面熟了，这次考试沉着冷静点，若过不了回去好好练一个月再来吧！也许是他的话刺激了我，在我第一把未成功之后，我反而放开了，也不再害怕了。这一把也是我考倒库的第8次机会，老天保佑这次终于通过了。考场响起的悠扬动听的音乐声算是对我成功完成倒库的祝贺。我的眼眶湿润了，我在车里整整待了三分钟，直到工作人员催我，我才下了车。

后来的路考只是走走过场，但我长途都跑过多次了，当然没事了，就这样终于拿到了驾照。

不久之后，我的驾照信息神秘丢失，车管所说我的驾照是军用照，为应付交警查检驾照，车管所的民警特地在我驾照上注明C照信息丢失，几个月后才恢复正常。再后来我把B照自降为C照，不再像以前那么麻烦，反正也从没开过大货车，降为 C 照方便多了。这就是我的驾照心结和考驾照过程。

■人生随笔

生产队

  在生产队的经历我一辈子也忘不了。现在50多岁以上的农村人对生产队和大队都有比较深刻的印象。生产队是人民公社的细胞,也是社会管理的最小单位。它的上一层是大队,大队的上一层是人民公社。社员在生产队(又叫"小队")的领导下统一生产,每天劳作下来,由记工员给每个人划工分,壮劳力一天10分,妇女一天最多8分。每半年,由记工员和生产队会计把每个人的工分加起来,并按工分多少进行粮食和其他物资的分配。

  除了过年和下大雨、大雪及农闲时,每天社员们听生产队长敲钟为号一起集中上工,由队长统一分工干活。大铁钟通常黑黢黢的,大小如小脸盆,常挂在树枝上,中间穿一大小如鸭蛋的铁球,下面系一绳子以供人们拉动敲击,现在找不到那种老古董了。在生产队干活有一种过共产主义生活的味道,大家一起干,十分热闹快乐,时不时有人开个玩笑或讲个笑话,虽然工作效率不是太高,但气氛十分融洽,一天下来倒不是十分劳累,只不过吃的东西营养不太够,才导致人们没有多余力气,再加上没有电也没有娱乐项目,冬天晚上一般到8点钟,多数人便睡觉了。偶尔在月亮露面的日子,有小孩捉迷藏,会玩得晚一些。大人便扯着嗓子叫自家的孩子回家，孩子们一般都听话，都会乖乖地跟着大人一起回家睡觉。

到了收麦天，学生会大约放一星期麦假，我们便被安排到生产队拾麦穗，大家觉悟都很高，只有一次有一个同生产队的小学生把捡来的麦穗拿回家，受到大家的揭发和批评。还有更有意思的活，叫"抢场"，即生产队正在晾晒小麦，突然变天了，乌云很快密布天空，眼看一场大雨即将来临。生产队长敲起急促的钟声，整个生产队，无论男女老少，只要能动的全体出动，把小麦装布袋送进生产队的仓库里，整个场面十分壮观感人，没人磨蹭偷懒，因为大家都知道那可是保命的粮食，小孩参战是没有工分的，但我们无怨无悔地付出着。每当小麦收回仓库，看着倾盆大雨，我心中总有说不出的自豪，自己为生产队出了一份力，有了满满的参与感，有时甚至无端会有过上了大同社会的错觉。

到了割麦时，遇到晴天有月光的晚上，打麦场上干干爽爽时，大人小孩带上草席，睡在麦秸垛旁碾光的打麦场上，看着满天的亮晶晶的星星和银光倾泻的月亮以及偶尔划过的流星，心里就别提有多高兴了！

生产队有趣的事还有很多，晚上或农闲开会，一大堆人坐着或蹲在一片大树下，上面有队长讲国际国内形势以及生产队里的事情，下面有一些妇女小声说笑，小孩们则穿梭于会场之间，一般只要不发出大的声响，便不会遭到队长的斥责。

▍人生随笔

　　还有冬天上冻时,生产队下粉条又是大家的一个欢乐节日,大人们把事先准备好的粉面和成胶糊状,装入带孔的葫芦瓢里,用拳头从上面敲击,一条条粗细均匀的生粉便从瓢中流出,放入开水中熬煮,锅口很大,有两米左右。起锅后的粉条还需要冷冻,冻得越狠,粉条越好吃。若是中午没人时,我们一群小孩也会学着大人拿起瓢下粉条,只是掌握不好节拍和力度,做出的粉条粗细不匀。那时只有纯红薯粉,绿色环保,没听说过有假冒的红薯粉条。

　　虽然过去几十年了,但生产队的快乐时光却永远留在我的脑海之中,每当想起,都是甜蜜珍贵的回忆。

农民与红薯

明朝万历二十一年（1593年），在吕宋（即菲律宾）做生意的中国福建长乐人陈振龙同其子陈经纶，见当地种植一种叫"甘薯"的块根作物，块根"大如拳，皮色朱红，心脆多汁，生熟皆可食，产量又高，广种耐瘠"。想到家乡福建山多田少，土地贫瘠，粮食不足，陈振龙决心把甘薯引进中国。据说当时是冒着砍头的危险才偷偷把红薯引入。

我小时候，那时还在生产队，每到深秋天凉时，生产队按人头分红薯的一幕幕场面永远铭记不忘，不知是为什么，分红薯一般都分到黄昏时分，已经放学的我们便把书包放家里（那时作业很少，放学后就忙着帮家里干活，不像现在的学生，总有做不完的作业），就跑到红薯地里，参与到了充满了无限喜庆和欢乐的分红薯洪流之中。那是怎样一个令人振奋的宏大场面呀！几大堆红红的红薯堆得一人多高，生产队里的队长和会计等大声吆喝着张三李四等社员的名字，一个人可分几百斤，一家人可分到一两千斤。满地里都是人，还有几只狗也跟着撒欢奔跑。一个生产队里超过一半的人都聚集在红薯地里，分享着红薯丰收的喜悦。

| 人生随笔

那时的红薯品种和现在的不大一样，被称为本地红薯，脆甜至极。后来有了"五五三"等新品，其他的品种就记不清了。农村种红薯有讲究，首先是大棚育苗，就是大约在过了元宵节后，那时农村大多是从平地起一尺多高，一边高一边低的长方形泥墙，宽二三米，长度不限。在里面放土和土粪，把留种的红薯埋在土里，然后用塑料薄膜封好，目的是保温，让红薯快速生芽长苗，这个过程被农民称为"摆红薯母"（多么熟悉又陌生的名字，现在已没有这一叫法了）。薄膜里因温度高，所以常常凝结一层薄薄的水珠。清明前后便可掀开薄膜，一簇簇红薯嫩芽长出来了，一个红薯上能长出十几个芽，农民就把红薯芽掰掉，再移植到地里。浇上水，封上根，因为红薯生命力极强，种下来的苗大多数成活，少数死掉的还可补种。有一种被家乡人称为"截杆虫"的虫子特别可恶，它可以咬断红薯苗的茎而使红薯苗死亡。另外要想让红薯长好，除一定要起垄（隆起），另必须要施那时做饭用的秸秆燃烧过后留下的草木灰，我上小学学过的课文，唯一能记住的一句便是"一颗红薯一把灰，红薯能结一大堆"。原来草木灰中富含钾元素。红薯因为得到钾肥等营养便会长势良好，很快长高爬秧，大约到了农历4月末，红薯秧便接近"罩严地"（盖住地皮，不露地皮）了，这时候为防止红薯秧再生根（由此，可看到红薯旺盛的繁殖能力），又有了"翻红薯秧"这样一种农活，即把红薯秧翻转180度，来个底朝天，秧上已扎下的须根被扯断。半天下来也会扯断一大筐子红薯秧，这些绿莹莹的叶子便又成为农民的美味，其实农村人天天种地，倒也没吃过什么山珍海味，他们要求不高，能吃饱肚子就行了。

到了阴历5月初，收割了小麦，农民又会剪掉一部分红薯秧插到麦茬地里，只要不晚于农历六月六，便都可以结红薯。这种红薯又被家乡人称为"秧子红薯"，秧子红薯因为生长期短，含水分多，所以蒸出的红薯不噎人，而且更加软甜，适合蒸馍时在锅里顺便煮一些。起锅时掀开箅子，和铁锅紧挨着的地方便有了一抹黄亮亮的"糖稀"，这就是红薯里的糖分了。这些红薯特甜呀！现在还记着即鲜红的秧子红薯煮过后带着糖稀的画面，太温馨了，这种感觉只有农村人且经历了20世纪六七十年代的人才有共鸣。城市人很难理解我们的感受。

说到红薯干，就是吃不完的红薯用刨刀将红薯切成片晾在地里，那时的人都经历过半夜起来抢拾红薯干的经历，因怕下雨霉了红薯干，一旦霉了，就不好吃了，去街上卖也不值钱，本来一斤一毛钱，霉变的红薯干只能贱卖到六七分一斤了。那时每个县都有一个白酒厂，到了深秋便会收来或调拨来大堆的红薯干做酒，因为霉变红薯干便宜，为降低做白酒的成本，以至于那时的酒都有一股坏红薯味。

当时，家家都有一个红薯窖，存放着一家大半年的食物，现在已经看不到了。

最美最好是故乡

故乡是我出生和童年生活的地方，是我从娘胎出来第一眼就看到的地方。一个人认识世界是从故乡开始，真正长大却是从离开故乡起航。

故乡是心灵深处的记忆，是一个人心灵最柔软的地方。每当看到家乡的信息，总是和自己连在一起，看到父老乡亲发家致富总是由衷地喜悦，见到遭受灾难，也总是叹惜。多少次梦回故乡，梦到故乡仍是我童年时的模样，低矮的茅草屋和漫天遍野迎风摇曳的牵牛花，或红色或紫色或黄色或白色，如晴朗的夜空中点点的繁星，不停地眨巴着小眼睛；梦到童年在小河里抓摸鱼虾，在河坡追逐蝴蝶，还有追着金龟子喊着永远也不知其含义的"金榜（金龟子）落地，小虫（麻雀）放屁"。

梦到小时候故乡放秋假，和小伙伴烤红薯的喜悦和自由，更有梦到漫天如雪花飘舞的白馒头，要知道小时候除了过年，平时很难吃到白馒头，于是呀就常常幻想吃上白馒头来解解馋。故乡总是给以美好的回忆，它好像心灵的避风港，回到这里，整个人便免遭世俗的冲击和浸染，心灵纯净如清澈的月光。

时光本如江河流水，但对于童年时光，却又如江水回旋形成的漩涡，时光不再消逝而是如湖水一样留在原地而微波荡漾。

　　离开故乡越久，故乡在我心里就变得愈加美丽，故乡是生命的源头，因为我从故乡走出来，即便我在异国他乡再发达风光，但我是故乡的水养大的，我的智慧和灵感离不开故乡的滋养。故乡啊，你如一把锁，锁住了我的童年，也锁住了我的整个人，锁住了我的一辈子，愿余下的生命时光伴着故乡一起流淌，愿心灵不再漂泊游荡，回到原点，回到故乡。

同学会杂记

玉兰怒放季，

春寒料峭时。

渝豫喜遇见，

举杯话旧事。

2017年正月十三，初春的郑州。背阴角落的雪还没完全消融，但这些都挡不住一大早的艳阳普照，晴空万里。立春才刚过一周，春意却已分明，虽说不上"吹面不寒杨柳风"，但风吹在人身上脸上已没彻骨透心的凉了，毕竟春已开始来临了。

重庆大学郑州的校友们选择这样的日子小聚也是再恰好不过了，刚过春节，还沾着年味又没到元宵节，人们还沉浸在过年的气氛中，都对2017年满怀憧憬。我们一行19人来到高新区萧记烩面馆，主旨是答谢为校友微信群完成实名制默默奉献的王钦钦和许坷松两位贤弟。群秘永成和常务刘岸也前来道谢，本可坐20人的超大圆桌坐了19人，空的位子可是留给大王（克涛）和史会长的？（说来可怜，从没见过会长，不如高低胖瘦，何日可见真人哪？）

来的最早的是刘岸、李守学和许坷松，我6点10分推门而入时，三人已在大摆龙门阵，侃得云里雾里的，我乍一见还以为走错了呢。很快永成、钦钦、果果也来了，李彬也提前到了，正说话间，闫文亮和周志刚两位重量级仁弟一同出现，如哼哈二将一般威武，像保镖一样的凛然不可侵犯。德高望重却又低调随和的陈科伟老兄也赶到了，总是笑眯眯的王银行律师也到了。到了6点半，大家依年龄大小依次入席，正落座时，韩颖超师兄来到了，依旧是脸色白润。张玉琳也来了，她的出现引起一阵骚动，她是大忙人，平时难以见到。

此时，凉菜上齐，来人16人。只差尚春宝、郭惠峰和黄智泉了。当时我有点着急春宝的姗姗来迟，是不是酒瓶太重？你再不来，我们都要喝西北风了，钦钦忙派人察看，春宝终在6点40分扛酒到场，但已是气喘吁吁。酒是1991年1月28日出厂，已放了26年还多，标签也已泛黄，但酒味醇香，这是后话。

我有幸被挤在桌子正中心，陪大伙喝完三杯酒。由于酒好，丽果也喝了，只有银行太过矜持，独自品着干红，坎松喝白开水，李彬因身体原因虽想喝，但被好心的同学劝阻而望酒兴叹。酒过三巡后，永成开始打圈，不知是心情高，还是酒好，一向不太爱喝酒的帅哥永成和大伙一一对饮，很快就人面桃花了，但笑起来更显迷人，他的和蔼可亲就更表现得淋漓尽致了。

此时，有侠士之风的郭惠锋赶到，此人是个汉子，虽晚来，但没少喝，实在人呀。临近结束时，黄智泉师妹也来了，一副小家碧玉模样,非常诚恳地说,开车来的不能喝酒,下次一定,说得大伙直用酒杯碰她的水杯,好吧,下次一定!

大家分成三四拨去逐个敬,经常在半路遇上另一个打圈的,又常在半路碰杯,反正是要多热闹有多热闹,很快干完8瓶白酒,气氛十分温馨,不知不觉已是9点半,大家虽有不舍,但还是理智地站起来,拥抱握手道别,酒喝到正好,没一人喝醉,店门外灯昏人影长,就这样宴会结束了。

有诗证曰:

笑声鼎沸兮人影攒动

觥筹交错兮互诉衷情

永成伟岸兮玉树临风

一脸心诚兮两颊绯红

春宝瞪眼也来者不拒

钦钦倒酒啊手不留情

惠锋来迟却英雄

只身敢战众朋友

大包大揽语气坚

手掂酒壶雄赳赳

玉琳也不甘落后

碰杯有力正能量

搂肩搭背显爱心

众绿叶中一花红

守学也把酒来敬

跟着丽果去巡酒

丽果归来急落座

摊开十指却说九

文亮志刚又搭帮

举止得体勤碰杯

坎松又喝白开水

心却如醉频点头

科伟老兄识大体

带头敬起众校友

刘岸不愧南阳人

喝酒不把眉头皱

临散智泉师妹到

小清新来最温柔

水杯端着转一圈

人见人爱小美妞

转眼已是九点半

八瓶玉液肚中留

众皆感到该散伙

再谢春宝献美酒

人生随笔

> 个个清醒正火候
>
> 门口拥抱又握手
>
> 灯昏影长话离分
>
> 他日再聚还喝酒

马齿苋

在北方的庄稼地里和沟边野地里常常看到铺地生长的马齿苋,因叶子酷似马齿而得名,又叫马齿苋,还被人们尊称为长寿菜,这是因为马齿苋被连根拔起,晾晒几天仍能活下去。成堆的马齿苋放在室内,放半个月仍能叶绿茎柔。人们惊奇它的生命力旺盛,同时也看到了它的顽强不屈的品质和乐观积极的态度。

今年端午节假期第一天,我和家人一起到郊区一家葡萄园薅马齿苋,这一家的葡萄架下的空地里几乎里全是马齿苋,多数地皮已被茂密的马齿苋遮蔽了,说来也怪,这些地里绝大多数的野菜就是马齿苋,偶尔夹杂着少量的苋菜,除了这两种可食用的野草,就再也没有其他野草了。

我们一行三人,用了近三个小时,把轿车后备厢装得满当当的,又在后座上放了几袋子,后排的人几乎是在菜堆里找空坐,马齿苋少说也有200斤,由于天热,我早已是汗水直冒,到了擦拭不及的程度了,汗水直浸得我睁不开眼。一直干到正当午,我们三人才满载而归,累并高兴着是我们当时的状态,以至于回家几天,一直在清理战利品,不断打包把收拾好的马齿苋送给亲朋好友,自己家也顿顿变着花样享受这一大自然的馈赠。可以用水焯一下,佐以蒜汁和五香叶泥,加上生抽和小磨香油,也可以烙马齿苋饼,还可以包马齿苋饺子。我自己到了晚上单是消灭一碗这个宝贝菜,大口咀嚼着,就已经是高级享受了。

说到马齿苋的好处,马齿苋味酸,性寒入心经,走血分,可以清热除火,止泻,凉血,止血,消炎,止疼。主治热毒血痢、湿热痢疾、火毒疮疡,还具有利尿、消肿的功效。对糖尿病有一定的辅助治疗作用,对于痢疾杆菌、伤寒杆菌、大肠杆菌以及金黄色葡萄球菌有抑制作用。

马齿苋救了无数人的性命。我哥哥在做了食管癌手术前后无法进食,吃啥吐啥,但神奇的是,唯有吃马齿苋不吐,所以他就把马齿苋当作救命菜了。

我老家南阳,有这样的一个习俗,在人们给儿女认干亲的时候,就到地里薅一把马齿苋,用红头绳绑好挂在房梁上,以祝福长命百岁。我在连续吃了一周后,也有明显的身体变化,消化功能改善了,排泄畅通了,肚腩也感觉小了一圈,还有血压也降了一些,整个人感觉轻松多了。当然它的好处,不可说尽,它是长寿菜,还是救命菜和平民菜啊!

山　药

在我们村，我家种山药最早，大概是得益于我有几个种菜园的舅爷，因他们常年种菜，有种菜的经验，是他们给了我父亲在路边地头种山药的建议，大约在我上三年级那年，我家在自留地临大路边率先种上了小叶山药。因为，在大路边又不占地，所以容易找到种山药的地方。

《本草纲目》记载："山药，益肾气，健脾胃，止泻痢，化痰涎，润皮毛。"且不说铁棍山药如何金贵，单是普通的菜山药已是营养丰富，益气补肾了。菜山药的土地适应性好，稍微松软的沙土地最为适宜，黄土地较好，黑生土地次之。在我老家黑土地上种山药，因熟土层只二三十公分，下面的生黑土必须起出换出，换上熟土，或兑上一半熟土搅均。若全部用生土，则因土质太硬而影响山药扎根生长。

山药的抗病虫性强，在生长期内一般不用施肥打药。若说施肥也是在深翻土地时加入一些草木灰及农家肥等，化肥是不需要的。所以山药是纯绿色无污染食品，既可食用也可药用。

记得有一年我还在上小学时，腊月二十三，小年了，二哥用两个筐子装100斤左右的又粗又长的山药去贾宋街出售，我也跟着他去了。

到了集市，很快被一个二道贩子相中，最终以一斤两毛钱的价格批发给他，他还狠心地掰掉一大块长得扁平的山药，足足有一斤多，让我心痛了半天，但没办法，批发就是这样，不给对方最大优惠就不易成交，20分钟就顺利完成交易，大约卖了20块钱。然后二哥又给我买了一毛钱一个的"鞋底烧饼"（形状大小都像鞋底，表面还抹着糖和芝麻），味道香脆极了，说老实话，我就是冲着烧饼才跟着二哥去卖山药的，那时实在没有什么好吃的东西。

那两年，我的邻居都说我是常吃山药才长得又白又壮。另外我也感到我从小学三年级在学习上突然开窍，开始评上三好学生也是从开始吃山药开始的。

后来，我家里又开始种大叶山药，顾名思义，"大叶山药"就是叶子大一些的山药品种，这种山药产量不高，是因为在叶子上结了一颗又一颗山药蛋。个头如蚕豆大小，有一层灰黄色的皮，此物耐放不易腐烂。可以蒸了吃，入口则互粉牙颊，满口生香。说到山药蛋，山西人和陕西人更会成袋在超市出售，深受有乡村情结的人们青睐，更有意思的是乡村作家赵树理自创"山药蛋派"，可见他对老家乡村的情结。

山药蛋派继承和发展了我国古典小说和说唱文学的传统，以叙述故事为主，人物情景的描写融入在故事叙述之中，结构顺当，层次分明，人物性格主要通过语言和行动来展示，善于选择和运用内涵丰富的细节描写，语言朴素、凝练，作品通俗易懂，具有浓厚的民族风格和地方色彩。例如赵树理的《李有才板话》和《小二黑结婚》对于乡村俚语俗话运动得得心应手，很贴地气，深入人心。

时至今日，我不仅在院里种山药，几乎天天早上熬小米山药粥，只是用更有营养的铁棍山药代替了菜山药，当然真正的铁棍山药的价格也比菜山药贵一倍左右，它的断面干爽发白，而菜山药断面则发粘，用手抚摸有粘手的感觉。菜山药适于炒菜和炸丸子，而铁棍山药适于熬稀饭和蒸了吃。它们各有各的优势，但都是我一年四季常吃的美味。

总之，山药是一种大众可以吃得起吃得到的药食同源的东西，营养丰富又风味独特。

人生随笔

炝锅面

我对老家镇平县的炝锅面印象颇深，甚至到了魂牵梦绕的地步，每每回老家，总是先到一家正宗炝锅面小店吃一碗，过把瘾再说。

很难理解为什么以吃面食为主的南阳，最终成就了方城烩面和新野板面，而镇平炝锅面没有被发扬光大，也许是对面条没有什么要求，不像烩面和板面那么要求面条宽厚且有嚼头，它一般只是正常厚度的二宽面（宽4~5毫米，绝大多数是事先备好的成把的干面条，当然也可用湿面条），也许是太容易制作了还是没有有心人刻意推广？最终没有形成一个品牌，这实在可惜了。

我在县城上高中时，是在1982—1986年，当时一碗炝锅面二毛五分钱，要么放一个鸡蛋，要么放肉丝。若再加一毛钱，可以再多放一个鸡蛋。制作方法也很简单，远没烩面和板面复杂，也无需醒面揉面，也不要高汤（当然，有高汤更好，但因当时条件所限，没见有人用过），只需用大火爆炒鸡蛋、青椒或肉丝等，此处的爆炒才能准确体现"炝"字，若用小火则菜易炒软甚至出水，就没有特有的香味了。待至菜熟或八成熟时，加入开水，此时加凉水也可，只是煮菜品时间长了，味道会变差一些。接着加酱油、十三香等佐料，待水沸腾后，迅速放入面条，及水再次沸腾后，加入适量青菜叶子。等至锅第三次沸腾后，一锅香喷喷的炝锅面便大功告成了，起锅装碗，再滴几滴小磨香油算是锦上添花了。后来上班后，我改为用丝瓜炒鸡蛋效果更好，鸡蛋一定要炒到两面微黄甚至有一点糊，才更出味，为此，我还总结出了丝瓜鸡蛋炝锅面的一二三四口诀：一根丝瓜二个鸡蛋三两面条四杯水，另加水前倒入足量酱油，则色香味俱全了。这些即够我中午美美享用一顿了，我常用一个小盆子或用一个特大碗装起来，吃起来很豪爽，很过瘾。因为我家院里到了夏末，爬秧的丝瓜开始挂果，一直到下霜，丝瓜是我的偏爱，对于炝锅面的改造，我是做出了一定贡献！愿炝锅面的发展史上，能写下我的名字。

关于炝锅面，还有好多值得回忆的点滴，记得高二暑假，我和朋友合骑一辆自行车从县一高回枣园老家，至县北关已是中午12点多，就一人要了一碗炝锅面，我俩风卷残云般下肚，一抹嘴角就又飞身骑行上路了，走了100多米，店老板招手喊："你们给钱了没？"我俩几乎异口同声回道："给过你了！"我以为朋友给了，朋友以为我给了，两人对质后才知道没有给人钱，这是我一生中唯一一次吃的"霸王餐"。

上高中期间，一次和同学到贾宋吃炝锅面，本来一人一碗，老板却用一个大搪瓷盆端来大半盆炝锅面，因放酱油多，面汤黑中透黄，令人口水欲滴，老板说：怕你俩一人一碗吃不饱，干脆多添两碗水，多喝点汤水管饱。多朴实的老乡呀！这一次还是掏了一碗的饭钱，每

人生随笔

人却吃了两碗,汤的美味至今回味无穷,两人一共花6毛钱,却吃得饱饱的,当然当时的3毛钱也不少了,至少相当于现在的七八元钱了。

到了高三下学期,学习的任务和升学的压力使我觉得身体有些吃不消,学校大食堂的伙食没油水也没什么味道,我和同学向阳常于中午到学校外一个三岔路口,那里有一家父子俩开的炝锅面小店,这时一碗面涨到3毛了。因味道好且量足,这一父子店成了我俩的指定小饭店,我还清楚地记得他俩的模样和大火炒菜以至锅内起火的壮观场面,越是起火,炝好的面就越香。到了高考前两个月,我没那么多钱了,都是向阳出的炝锅面钱,至今都觉得不好意思了!高考后再没见过向阳,多想和他一起,再去吃上一碗老家的炝锅面呀,回味一下那时的美好时光!

昨天做了一个梦,梦到我和向阳又到那家老店吃炝锅面了,场景还是那么的亲切,那么的温馨!

人生随笔

人生随笔

人是怎样走向完美的

每个人脱离娘胎来到世间,都带有局限性,也就是片面性。比如你出生在一偏僻山村,一定以为世界都是一片山野,就如一个在城市出生的小孩分不清麦苗和韭菜一样,因受到出生地域的限制,一个人自幼年便带着对世界的最原始、最朴素的感知,认识世界和感知世界,他们的认识有错吗?没有错!但带有一定的局限性和片面性。

人的一生的经历和认识其实就是为了战胜与生俱来的局限与片面。出生在山村的人通过了解山外面广阔的世界更正纠偏对世界的认知。正如《卖油翁》中描述的那样,卖油翁的技艺并不比百步穿杨的射手差,都一样"唯技熟耳",但卖油翁和射手一样通过自己熟悉的方法去认识世界,同样可以达到炉火纯青,甚至登峰造极的高度。这正是殊途同归的境界。因此,我们不必埋怨自己所处的环境或行业如何落伍,只要在本行业持续埋头钻研,一定可以有所成。三百六十行,行行出状元。每一行业都有技艺领先者,只要愿意努力探索,就会成为本行业的翘楚。

人们与生俱来的还有使命,英雄不问出处,但人们的使命就摆在那里,那便是不同的人通过克服行业和天生的局限,努力达到精致的极限，从而实现自我否定，达到光辉的彼岸。也许有人抱怨自己的出身卑微，抱怨却使他丧失了前进的动力，他的一生从此"泯然众人矣"，这就是人与人的差别啊，有多少人就这样断送了自己的一生，使自己白白在人世走一遭。有人出身贫寒，却奋发图强，改变了人生，而另外却有人衔着金项链出生，不珍惜时光而消磨掉自己的优势，走向了日暮途穷的境地。

芸芸众生，谁不自爱？然而成也一生，败也一生！这就是每个人的不同人生！仔细想来，令人感叹呀！

自 尊

我不知道自己在几岁才有了自尊心,也许是与生俱来的吧?记得在我五六岁时,在我上小学一年级的一个下午,我们两个班上了合堂课(大概是有一个老师有事),因中午我从没睡过觉,到下午打起瞌睡来了,竟然趴桌上睡着了!老师当着大家的面,罚我站在讲台上大半节课,这是我人生中第一次感觉到伤了自尊心,要是地上有缝隙,就巴不得钻进去。我本就胆小,当着百十人的面,可怜兮兮地站在上面像猴子一样供大家观赏,实在没面子呀!

到了三年级,我七八岁时那年的端阳节(我老家把端午节叫作端阳节)早上,一个同村同龄小孩嫌吃煮鸡蛋黄太噎人,他只吃鸡蛋清而要把鸡蛋黄扔掉,我听到他咕哝着要扔蛋黄,就立马说:"别扔,我不嫌噎人,我吃!"说实话,在那时过端阳节,一人吃半个鸡蛋的人不在少数,一人能吃一个鸡蛋都是稍微富裕的农村人了。而不吃蛋黄的农村人更是少之又少了。我之所以能放下自尊,吃别人将要扔的东西,主要是因为嘴太馋了。

到了小学三年级临放暑假时,我第一次因学习成绩好而得到一张红腊剪纸制作的奖状。当时感到人生中第一次真正扬眉吐气,自尊心得到了极大的满足。

自尊心是每个人都有的，虽感受不一，但又大同小异，遇事受到表扬，心花怒放，喜笑颜开。反之遇到批评则垂头丧气，士气低落。若人没了自尊心，即没了廉耻，就会没了人生底线，会在利益的驱使下流露出动物的本性，变得贪得无厌且不知羞耻。

正如小偷放下自尊去偷东西而全然不在乎他人被偷的感受。贪污腐败分子也一样像小偷，窃取国家和他人利益而不自知、不自醒、不自警、不自耻，一直到被查处，他们如出一辙，放下自尊为了私利而身败名裂。

人有自尊，才会有所为而有所不为，懂得有舍才有得，知道"君子爱财，取之有道"，知道自尊的好处，不奴颜婢膝而苟延残喘，不低三下四而仰人鼻息，不失去灵魂而追逐荣华富贵。

自尊才能自爱，自尊才能自强，自尊才能尊重别人，尊重别人就是尊重自己，自尊才能长久。

夫妻冤家

冥冥之中，夫妻之间似有一条看不见的红线，月老用的这根线把男女牵成一对一对，谁是谁的老婆或丈夫是早就注定的事，夫妻新婚燕尔，卿卿我我，时间一长，新鲜劲儿过去，一日三餐的柴米油盐酱醋茶成了家庭的主旋律，夫妻双方都无法回避这些琐碎小事，时间长了，夫妻间难免有些磕磕绊绊，俗话说得好：牙和舌头也有打架的时候，夫妻间闹别扭也是再正常不过的了。

我听说过一个小故事，说是独居山上的老两口因各自个性刚烈且互不迁就，在半山腰只有一间石头砌成的房子，因话不投机而互不理睬，两人从房脊处砌了一道墙，一人半间。一天，老太太的侄女来看望姑姑，问姑夫："我姑姑在哪里？"姑夫指指大山说："你姑在后坡。"侄女认为姑姑已死被埋在后山坡上，就大哭起来。姑夫纳闷："哭什么呀！孩子，你姑在后半间住，她活得好好的！"侄女才破涕为笑。可见若男女双方互相不能触及对方的内心，不能真正理解，虽终日相守终究形同陌路。

究竟是什么原因导致夫妻成了冤家？第一点就是固执的念头：我是老大，你必须听我的，对错不要紧，关键是你服从我就中了。一个人从原生家庭中可能形成了一种根深蒂固的念头，一旦组成了新的小家庭，他会把习惯带到新的家庭，但新家有别于原来的家庭，另一半在另一个在不同的家庭里生活多年，环境不同，受教育和家庭氛围都不同，因此，两个新人若没有耐心地磨合和适应，怕是一时半会儿很难同频，所以在新的家庭中学会原谅、包容很有必要。

另外社会责任和地位也发生了巨大变化，小夫妻失去原生家庭的庇护，独自面对社会，承担起一个家庭应担起的重担。有人担不起或夫妻双方有一方有依赖心理但对方又指望不上，矛盾就会出现了。相互包容的夫妻经过磨合可以配合默契，不能包容的自然就剑拔弩张、恶语相向了。再加上现在很多婚姻金钱味太重而又缺少感情基础，稍有不如意就大闹一通，生怕镇不住对方而后患无穷，就拿出吃奶的力气和对方死磕。结果是闹一次伤害就加深一次，久而久之，夫妻间基本的互信互谅没了，一旦吵架打架，有的女方就回娘家搬救兵，娘家兄弟一般最心痛姐妹在婆家受欺负，往往会意气用事，而对男方大打出手。冷战也是十分伤人，唯有事后真诚道歉或解释，才是最好的办法。

许多夫妻冤家路窄生活在一起，像是两根相互缠绕依存而又互相较劲的麻花。一生吵吵闹闹，若说意义，那可能是此生来世正是要体验这种生活，也许这也正是他们生命的必要组成部分吧！而夫妻举案齐眉相敬如宾的事，就不在今天谈论之列了。

人 呐

　　一辈子短短几十年，却有人想不开，整天与人斗，天天斗月月斗年年斗，明里斗暗里斗，斗来斗去友情非，斗来斗去大义丢。若你是一株小草，就没必要和参天大树比，小草自有小草的乐趣和天地，一样享受清风白云、春暖秋凉，虽无高大的腰杆，却能紧贴大地任八面来风也吹不折纤细的腰身。世间万物各有各的妙处，听不清老天的欢笑，却能聆听到大地母亲的絮叨。

　　老天造就的形形色色的人们，却没统一的标准。有胖有瘦有血有肉，虽然模样不尽相同，却又相得益彰，各有其用。有人天生手巧，动手能力强干啥像啥，有人天生善于奇思妙想，可以想到许多锦囊妙计。世界上的人们如天上繁星众多，却又相安无事各行其道。

　　从古到今，出现过数百亿人，有帝王将相，也有凡夫俗子商贩走卒。不能说老百姓不重要而只有王公贵族重要，没有抬轿子的，哪能有坐轿子的？水能载舟亦能覆舟，百姓如水默默流淌却依然能冲破千沟万壑奔向大海。水本柔软却也能冲破堤坝，将人们辛辛苦苦攒下的产业一冲了之。但若能水到渠成，顺势而为，水便顺着渠道为人而用，那么水便是人类的好朋友。

人要正确全面地看待自己，不忘初心，牢记来到世上的使命，把自己喜欢做的也是应该做的做好做全面了，这样就物尽其用了，人尽其才了！人来世上走一遭，并不是要屈服于命运，而是不停地努力改变自己，若不能拓宽生命的长度，那就改善生命的质量，拓展生命的宽度，不让自己在临离世前后悔碌碌无为而虚度一生！只要自己还活着，还有一口气，就是值得庆幸的，因为还有改变自己的可能，人生而有涯而知无涯，努力向未知领域进军，弥补自己与生俱来的思想局限，把自己变成与时俱进与天地同频的人，那时你没了怨恨与纠结，全然是对世人的理解和尊重，没了所谓的仇人，因为，你了解了他们的行事方式和必然的因果。

几十年的一生，没有痛苦是不可能的，正是痛苦让你认识到真实的世界，让自己懂得世界也有不尽如人意的地方，这也正是自己去努力改变的地方。因果世界真实不虚，相由心生，你的心是善良和美好的，那么你的世界也一定是善良和美好的！

人呐，不必太在意去留得失，你能为他人带来快乐和幸福，你也才会因此而快乐和幸福！

人老如冬

人生七十古来稀,在古代,甚至到了20世纪的初中期,能活到70岁,已经算是高寿了。

人老了就如冬天一样,身体逐渐失去了强大的机能,身体的各个器官的活动日渐式微。冬天老年人在阳光明媚的时候坐在朝阳的墙角或胡同里晒太阳。太阳暖洋洋地照在身上,浑身热乎乎地,心情也特别放松,迷迷糊糊,昏昏欲睡,心里也会不由自主回想着一生过往的那些有趣的人和有趣的事,老人嘴角会浮现出浅浅的笑,哎!没有什么比这个更舒服的了!他们也没有了征服五湖四海的雄心壮志,哪里也不再想去了,就这样待着,颐养天年了。

想到若干年后,自己也会告别江湖,在冬日暖阳下,找一朝阳的地方打盹或晒太阳。也许在旁边放一壶清茗,时不时抿上一口。也许会和几个老友一起闲聊或闲坐。除了各自迷糊外,回忆年轻时走江湖的风风雨雨,或惊天动地或狼狈不堪,会心微笑或对视,总之,已过去了,已发生了,没有什么绝对的对与错,只有已经经历过的感受过的,更没有什么放不下的事情和人物。凡生命中过往的每一个人都是应该出现的,凡是帮过你或阻挡你前进的人都是成就你的人,你的朋友帮你使你觉得人间温暖，你的敌人使绊子使你变得坚强，变得做事更加仔细。说你坏话的人或给你穿小鞋的人，让你认清自己所处的真实地位，使你更全面地观察这个如万花筒般的多彩世界。

老就老矣，无所畏惧。岁月静好，坦然享受！

人生随笔

每个人都很重要

我常常想，地球上现在生存的将近70亿人口，究竟都有什么意义？少个10亿20亿人，地球不是照转，太阳不是照样照耀大地么？

每个人都有存在的必要，一个农夫，貌似对他人对世界没什么作用，但既然他已存在这个世界上，自然有他存在的必要性，他要娶妻生子、赡养老人，还要对社会尽他的义务，从而完成他的人生使命。通过一次又一次磨难，他才能真正了解自己的需求和义务，通过帮助他人而完善、提高自己的认知水平，达到乐天知命，顺应天道。

也许有人问为什么要提高自己的认知水平？这正是人的奇妙之处，也正是这种力量才构成了社会发展的原动力，使所有的植物、动物、微生物完成进化这一使命。

人的一生就是一次蜕变，从内而外从灵魂深处到身体各部，如破茧成蛾完成一次彻底的革命，打破原有的条框重新建成一个新秩序、新格局，阵痛是必不可少的，也正是在阵痛之中，才完成华丽地蜕变。没有痛苦就没有蜕变，没经过苦痛，又怎知什么叫进步，什么叫质变。

每个人都一样，没有捷径可走，不经历风雨，怎么见彩虹？快乐之前，必是苦痛！

读书感想

《唐诗三百首》读后感（1）

做为一介书生，生活在商品经济发达的今日，很容易被红尘所淹没，被繁杂的思想所左右，很容易被物欲所控制，本人几度挣扎在人生的十字路口，左还是右？选择随波逐流，还是独善其身，最后发现不再研究什么方向了，每天在空余时间，躲在小书房里，把喧嚣的尘世关在外面，自己泡一杯清茶，看一本名著，与作者对话，这样不仅消磨时光，而且提高了学识与修养。这又是多么惬意的事啊？

翻开《唐诗三百首》，让一行行诗句从眼前流过，似乎见到了李白、杜甫、白居易、王维等大家，一一从眼前走过。

杜甫在《赠卫八处士》中写到"昔别君未婚，儿女忽成行……明日隔山岳，世事两茫茫"，让人无限感慨人生苦短和世事难料。在七律绝唱《登高》中，更有"无边落木萧萧下，不尽长江滚滚来"的深秋萧瑟和无尽感伤。

李白在《夜宿山寺》中写道，"危楼高百尺，手可摘星辰。不敢高声语，恐惊天上人"，尤其后两句想象奇特，不愧"诗仙"的伟大称号。在绝句《下江陵》中写到"两岸猿声啼不住，轻舟已过万重山"，更以写景言志，李白结束流放生活，返回江陵，告别昔日不堪回首的生活，回到繁华美丽江南，去过快乐的生活。正如孟郊在《登科后》中的"昔日龌龊不足夸，今朝放荡思无涯。春风得意马蹄疾，一日看尽长安花"。即放飞憋屈的心情，一洗多年的忧郁，终于冲出樊笼的喜悦心情。

李白的浪漫主义和自信在诗中表现得淋漓尽致，在《南陵别儿童入京》中写道："会稽愚妇轻买臣，余亦辞家西入秦。仰天大笑出门去，我辈岂是蓬蒿人"。表现了诗人实现抱负的喜悦和豪迈自得的心境。李白在《梦游天姥吟留别》中有语"世间行乐亦如此，古来万事东流水。别君去兮何时还？且放白鹿青崖间。须行即骑访名山。安能摧眉折腰事权贵，使我不得开心颜！"也可以看出他并不愿阿谀奉称当朝权贵，放荡不羁的风范。李白一生从荒凉的西域走向繁华的东土，中间又因得罪贵权被贬至夜郎小国，政治上颇不得意，最后凄凉地死在族叔李阳冰的家里，他的一句"人生得意须尽次，莫使金樽空对月"和"古来圣贤皆寂寞，唯有饮者留其名"的浪漫和豪放，在我心中留下难以忘怀的烙印。

再说官当得最大的王维吧，被后人称为"诗佛"的王维，诗风属于田园诗，另善画画，他曾在《画》中写道"远看山有色，近听水无声。春去花还在，人来鸟不惊"，看似浅显易懂的两句，却说出了画的本质，画是凝固的高山，更是流水哗啦响的水流的瞬间静置。画与山水融为一体，不可分割，这首《画》也许是自古以来诠释画画的意义的经典之作，绝对是无后人能及了。王维在《杂诗》中写道"君自

人生随笔

故乡来,应知故乡事。来日绮窗前,寒梅着花未?",诗佛通过问询从家乡来的熟人,问自家窗前的梅开花没有,看似寻常问候,实则不经意流露出诗人对家乡时时记在心上,同时点出时间是在冬季大雪天,表现出诗人千里之外对家乡对家人的思念之情,比问候家中父母妻儿一切安好,更亲切,更有韵味,同时也说明诗人和熟人对家乡的熟知以及轻松看待生活的人生态度,使人们感到:生活不止只有苟且,更有诗和远方。王维在40岁左右就已经开始半隐半官的生活,他在辋川买下宋之问的别业,就是今天的野外别墅,向往过半隐居生活的王维兴奋地写下《辋川别业》,其中,"披衣倒屣且相见,相欢语笑衡门前"表现了诗人对田园生活的喜爱。

一个官至丞相的人,却向往远离繁华的山村,还"偶然值林叟,谈笑无还期"般的悠闲,更有"明月松间照,清泉石上流"般的恬适。有"独坐幽篁里,弹琴复长啸"的雅兴,甚至"雨中山果落,灯下草虫鸣"的意趣,以至"大漠孤烟直,长河落日圆"的凄美悲壮,最终到了"行到水穷处,坐看云起时"的人生境界,王维的诗中有画,画中有诗,诗中有禅,有对人生、对社会、对世界的深刻感悟。人不过天地的过客而已,无限景色也不过是过眼云烟,稍纵即逝。人唯有与天地同频融入山水之中,方能知人生之乐。当下的我们又何尝不是?他道出了人生这一永恒话题,人并不是天地主宰,只是一个赏景的游客,你能欣赏到自然的美和天地之奥秘,那你就会感到生命有滋有味,活得有价值了。

我欣赏着诗人们的传世之作，如同听诗人们的娓娓而谈，如同与诗人们的对谈，能倾听到诗人们的心声，听得懂他们对人生深刻的理解。

　　一介书生，不必在大庭广众侃侃而谈，也不必与同伴说东家长西家短，能够静下来，读一些古往圣贤的杰作，真乃人生一大幸事。任时间荏苒，看花开花落，观云卷云舒，听鸟语松涛，品佳茗清香。

　　静水深流，智者不语。让一生就这样无声地流淌吧！

《唐诗三百首》读后感（2）

鼠年伊始，躲在家里再次翻开《唐诗三百首》，又闻到了那熟悉的淡淡书香，是啊，开卷有益！我又从书中读出新的意思。

"熟读唐诗三百首，不会作诗也会吟"，读得多，写文章时自然旁征博引，才思泉涌了。

现在市面上流行的《唐诗三百首》多是清代蘅塘退士选编的，共318首，其中收录最多的是诗圣杜甫的诗，共38首。《全唐诗》共收录约5万首唐诗，收录几乎唐朝的大小诗人的作品，而《唐诗三百首》则是择优录用，虽不全面，但大体把唐朝的优秀诗作收于书中。其中有号称"孤篇压全唐"的张若虚的《春江花月夜》，更有"七律之王"的杜甫名作《登高》，这一七律诗是典型的格律诗，四联中每一联都是工对，如颈联"万里悲秋常作客，百年多病独登台"，除了里对年稍欠工，其余万对百，常对独，要么词义相近，要么词义相反，更为重要的是，整词中的四联浑然天成，从秋天之肃杀，到老年之孤独，说明杜甫晚年之穷困潦倒和时运不济。

喜欢研读《唐诗三百首》的人知道，这三百多首诗，大致可分为两类，一类是古风类，常常在诗题中带有"歌"和"行"等字，如

《长恨歌》等,此类诗不太注重押韵,一首长诗常有几个韵脚相互切换,这样可以自由作文;第二类就是唐朝最为流行的平水韵(共 106 个韵部)诗了,韵部分上平去入四大韵部,其余又以平韵为最多,按"上仄下平",即每一句诗词,分上联下联,上联的最后一个字为仄音(大致等同于现在新华字典的三四声,下联的最后一个字为平音(大致等同于现在的一二声)。举个例子,如王之涣的《登鹳雀楼》中的"白日依山尽,黄河入海流","尽"为四声,"流"为二声。现在我们的对联就是从这里流传下来的。所以对联也是讲求上联和下联的,只是现在有很多人认为只要上下联字数相等,念起来顺溜就是对联,那就是要"气活"已作古千年的李白和杜甫们啦!

当然,也有一少部分唐诗是押仄韵,例如柳宗元的《江雪》"千山鸟飞尽,万径人踪灭",其中"灭"就是仄音,现代人很少写押仄韵的诗。我们通常又把押平水韵的诗称为近体诗(以区别于古体诗)。李白既写过近体诗,如《静夜思》"床前明月光,疑是地上霜,举头望明月,低头思故乡",又写过格律诗,如《早发白帝城》,"朝发白帝彩云间,千里江陵一日还。两岸猿声啼不住,轻舟已过万重山"。其中的"还"和"山"押的是平水韵中的平韵十五删韵。

有人可能会混淆"诗"和"词"。至于"词",在宋代最为盛行,"诗以咏志,词可言情",那已不是诗所能涵盖的了。

《远方的山楂树》观后感

昨天,我终于通过中央八套看完了48集的电视剧《远方的山楂树》,心里久久不能平静。

这是一部反映20世纪六七十年代我国知识青年生活沉浮的电视剧。以男一号彭天翼和女一号蒋欣童的爱情悲剧为主线,以一群原就在北京是同校同学的12名青年学生为记述对象,讲述了四五十年前中国知青的悲欢离合,又从一个侧面讲叙了那个时代的中国人的命运。

彭天翼本就学习成绩好,又爱学习思考,遇事沉稳,喜怒不形于色,是一个不可多得的时代英才,他爱蒋欣童却又不敢大胆表白,还和同样爱着蒋欣童的罗永泽订立协约,即两人都不主动追求蒋欣童,蒋欣童喜欢谁就是谁。彭天翼对待爱情的态度是有偏颇的,这也为自己的婚姻不幸埋下了伏笔,正如当时的中国一样充满了挫折和不幸。后来他回给蒋欣童的信又被宋赫男截取,宋赫男模仿彭天翼的笔迹给蒋欣童回了一封绝交信。导致蒋欣童心理失衡从而与罗永泽走到一起,并冒着常人无法承受的痛苦生下孩子,以致使自己在回京的问题上授人以柄,到了最后才回城。

当时参加农场劳改,还有一位核专家,是彭天翼爸爸的同事,他在临死时把一份绝密资料托付给彭，彭为保存技术资料而被误以为是强奸犯。彭为了保护资料也为了保护罗永泽和蒋欣童，自己被判15年有期徒刑，但在狱中仍能给狱友上文化课，并安心学习经济学和哲学，彭常说的一句"今天的太阳，晒不干昨天的土地"充满了哲理，即昨天的辉煌已经过去，不要躺在昨天的功劳簿上，今天的事还得今天干，它与昨天的荣光没有任何关系。

在历史的长河中，又何尝不是如此，新中国成立了，但我们不能以为革命到此结束，而恰恰相反，险恶的国际环境像恶魔环伺着羸弱的新中国，美帝等列强不希望我们强大起来。因此，需要我们警钟长鸣，奋发图强，艰苦奋斗。这样在世界民族之林，才能有我中华一席之地。回顾中华民族发展史，就是一部悲壮的自求生存的发展史，每当民族危亡之际，总会有一些人奋不顾身地站出来，他们宁愿舍弃自己的生命和幸福，来换取中华之生存，他们是中华民族的脊梁。

人的不幸总是和国家的命运息息相关，当雪崩降临时，哪能找到一片雪花是清白无辜的？

也许有人说，这部电视剧只适宜20世纪50年代出生的人观看，因为只有他们才经历了风雨如晦的"文化大革命"，而不适宜大多数人观看，这种观点显然是错误的，那么《三国演义》和《红楼梦》所描述的时代，谁也没经历过，难道就没人看了吗？优秀作品不局限于时代，它可以成为永远的文化经典久传不衰，甚至会随时代变迁而历久弥新，焕发出更大的时代力量。

人生随笔

一个民族忘却自身的历史是可怕也是可悲的,以史为鉴,可以知兴替。

我们无法脱离我们的生活年代,我们可以设想一下,若是我们生活在那个时代,我们会和他们一样被烙上深深的时代印记。这正是一个时代的人有一个时代的历史使命,我们无法用现在标准去评价过去的人和事。

观粤剧《凤阁恩仇未了情》

俗话说看戏是"内行看门道,外行看热闹",我作为一个听不懂粤语的河南人却稀里糊涂地看了一场粤剧《凤阁恩仇未了情》,本是赶鸭子上架,却又被迫写观后感,我真想只写一个字"哎",但迫于压力,不能少于1000字,呜呼!怎一个愁字了得?

若说豫剧,我还会几句《朝阳沟》中的"清凌凌的水来蓝莹莹的天"和"咱两个在学校,整整三年",而今,就像一个不懂英语,却到伦敦看歌剧的小可怜一样,耐着性子听吧,人家拍手叫好,我却如坠十里云雾。后来,我就当是一出无声的戏剧,看看自己究竟能看懂点什么。

我小时候,在小学门口有许多旧时戏院所用的石碑,后被垒在学校的大门里当砖头用了,依稀可见"看我非我,我看我,我也非我;装谁像谁,谁装谁,谁就像谁"和"二三人千军万马,八九步海角天涯"两副对联。第一副对联是说,演员的人戏,装谁像谁的忘我境界。第二副对联说的是,戏小乾坤大,只需两三人就可当千万雄兵,走八九步即相当于跋山涉水。

对照这出粤剧,一开幕就看到青山碧水的背景,由于运用了高科技，画面清新，让人有身临其境之感。可以用下面小诗来形容：

"山色青欲滴，

繁花红似燃。

水流若有声，

鸟飞冲眼前"。

刚开始出来两个拎刀的小喽啰，接着出来一个穿着杂角衣服的人，应是强人的老大（头）吧，也嘀嘀咕咕后唱了两句。接着是四个穿着鲜艳的四个丫鬟出场，预示着女一号"红鸾郡主"（张宝华饰）即将出场，果不其然，穿着红衣、浓妆艳抹的"郡主"隆重出场，自然也是先亮下走台功夫，挪动金莲，"纤纤做细步，精妙世无双"，她快速在台上划了一个圆弧，舞动长袖，唱了凄楚一段（因听不懂所云，只感觉女一号悲悲切切，心事重重，可能是与亲爱的夫君耶律将军行将分别吧，她无精打采，高兴不起来），但做为一个外行，我也看出：不知是女一号太老还是太累，女主角光彩照人的一面始终没能给我以强烈的视觉冲击，也使我很快对"她"失去了兴趣。

接着，武生（男一号，由著名艺人李秋元先生饰）"耶律将军"出场，自然也先有四个兵卒提刀走台，烘托出主人的重要身份。男一号果然是英俊高大，一招一式都功夫不凡。再加上冠上的两支高高翘起的雉鸡翎左右摆动，简直英武极了。算上雉鸡翎（其实在其他剧种，包括京剧豫剧，也都是用雉鸡翎来装伴武将的）个头高度已超过两米了,高大威猛的形象一下子就震惊全场,他刚一露面就赢得了大家的经久不息的掌声,这下我也慢半拍鼓了掌,大约是怕别人看透我这个外行吧(鼓掌也作假,汗颜)。他一开口唱,真是声如洪钟,令人回肠荡气。

我渐渐感觉到清晰的梆子响和鼓点(真是梆子戏呀),旋律悠扬,余音绕梁。这一点和我知晓的京剧、豫剧差不多,就是你自然而然想跟着调子哼唱,感觉惬意极了。

后来,风云突变,一殉情女子倪秀钿"举身赴清池",落入海中。恰好被护送红鸾郡主的耶律君雄发现,忙命卫兵将其拉上船来(这是一个戏剧转折,从此阴差阳错犹如打翻潘多拉魔盒一样开始了,更大的转折在后面)。前面提到的强人海盗出现了,背景一下子被染红(令人震撼,视觉冲击强烈),船上人纷纷落水,耶律君雄虽奋力争斗,但因不习水性,很快也落入水中。

整个剧中,第二个转折出现了,狄亲王手下奉命迎接郡主不果,却见一女子身披斗篷浮沉海中,后误将她当郡主接回主府,耶律将军也化名陆君雄到中原寻找郡主,另倪思安在岸边哀悼女儿倪秀钿,却救起失去记忆的红鸾,其实这些我都是从剧情简介中得知,我只知道,后来出来一个老旦尚夏氏(劳云龙饰),以我的外行眼光看,她是女丑角,脸窄长,个瘦高,也许是男扮女装吧,真是看不透了。

后来又出现了倪思安(梁炜康饰),他一上来插科打诨,还与失忆的"红鸾"用英语、日语、粤语、普通话连问四五遍,这是我唯一听懂的一句话（见笑了），但"红鸾"都无反应。他应是净角吧！

后来实在看不下去，看到一半就溜了，我至今都心疼我的那半场票，毕竟价值不菲呀！

但仍令我难忘的是：场内工作人员恪守职责，维护秩序，领人入座。整场戏中，看戏人不得吃喝喧哗，不得打电话及拍照。

就这样，我被迫看了一场我一生中最难忘的一场戏。

读后感

读后感

笔锋下的人间烟火

刘志成[*]

作家杨宏寅给我送来《寅照台华》的电子版,嘱我作点小文,我当即应允。

在这个初秋依旧溽热的午后,我泡了一壶陈年普洱茶,在茶香四溢中,翻阅起来,不觉被书中所叙吸引,以至茶凉不知。这显然不只是一本简简单单的散文合集,它饱蕴着极高的文学情怀和人生哲理。

《寅照台华》全书收录了作者的多篇散文。其中分为百姓列传、怒放的生命、人生随笔、读书感想等四个小辑。

文友杨宏寅,笔名都市农夫。喜写散文及小说、格律诗、自由诗、杂文等,擅长人物传记式散文。他的作品散见于《散文百家》《神州》《西部散文选刊》《青年文学家》等刊物。我长期从事刊物的编辑工作,有幸能够阅读很多作家创作的作品。杨宏寅的作品时常在我主编的刊物《西部散文选刊》上刊登,这在《西部散文选刊》的发展史上

---

[*] 刘志成。国家一级作家。西部散文学会主席,《西部散文选刊》主编。曾获全国第三届冰心散文奖、第五届鲁迅文学奖入围奖。

是不多见的。究其原因，便是他的散文作品贴近底层，生活气息浓厚，作品富有怜悯情怀，关注小人物的命运。小人物的生存之痛是最让人无言以对和无可奈何的，他们往往因为无力把握现状和改变命运而显得孤独无助，渺小可怜。古往今来文学家们往往以小人物的人生际遇为载体，对他们寄予人道主义的关怀，寄托他们对小人物命运的怜悯与思虑。那我们为何要关注小人物的命运，毫不夸张地说，关心周遭小人物的命运，即是关心我们自己。社会由无数个个体组成，我们便是其中一员。小人物的故事，便是我们的故事。杨宏寅能够入木三分地把生活中形形色色的人物描绘得有声有色，富有感染力。他的散文，总能从芸芸众生中提取出最闪亮的部分，在众多同类型散文中脱颖而出。无须华丽的辞藻，无须绚丽的写作技巧，他的笔触总是贴近了无声的大地和人世的悲悯与荒唐。这是散文作品很难达到的一种境界。

随着人们生活节奏逐渐加快，休闲时间越来越少，于是人们捡拾碎片时间，阅读作品。刊物和报纸也是与时俱进，散文所占的篇幅越来越大，这样一来，散文自然越来越受到人们的喜欢。如此看来，散文在如今物欲横流的时代，多有大放异彩的征兆。何为散文，散文可谓包罗万象，它指一切不讲究韵律的散体文章，包括杂文、随笔、游记等。同时它还是最自由的文体，不讲究音韵，不讲究排比，没有任何的束缚及限制。杨宏寅的散文总是弥漫着一股干净、纯澈的韵味，没有矫揉造作，没有含情脉脉，没有风花雪月，似乎作品回归到了散文的"初心"。

读后感

中华文化源远流长，散文自古有之，它是中国最早出现的行文体例，它通过对现实生活中某些片段或生活事件的描述，表达作者的观点、感情，着重于表现作者对生活的感受。杨宏寅的散文脱胎于传统散文定义之内，又加以创新，最终形成自己的风格。杨宏寅是很善于把生活场景运用在散文中的，并且作品直慑人心。他对散文的创作，已经上升到了一定的高度，思想刻度也很深刻。

在《农夫贩桃记》中有一段：我在此说的贩桃不是蟠桃，不是为王母娘娘献寿的仙桃，也不关乎风花雪月的浪漫。不是灼灼其华桃之夭夭，更不是桃花依旧笑春风的美景。那只是我人生的第一次商业实践经历。

他的文字中充盈着一些淡淡的诙谐感，让读者在轻松愉快中跟随作者的笔触，展开共鸣。

在《张老大》一文中：张老大膀大腰圆，身高一米八，今年三十多了。在乡里不种地而以拉棺材为生。主要生产资料为一个半旧的带拖斗的拖拉机，上面自焊一悬臂手动葫芦，装卸车方便多了。

寥寥数语，便把张老大的生活所系，张老大的心灵手巧描写得淋漓尽致。一个鲜活的人物形象，瞬间饱满地站在眼前。

在《江小白》一文中：江小白今年近五十岁了，一个人领着两个儿子一个闺女顽强地过日子，不靠男人不靠亲戚朋友的帮衬。儿女个个知书达理，如今已各自上完大学有了工作，大多到了谈婚论嫁的程度。

人生随笔

五十多岁的女人，却叫江小白，让人有了更多思考的空域，紧紧吸引着读者的瞳孔。她自食其力，通过自己劳动，带着儿子和女儿生活。这种在逆境中前进的勇气，就是对生活的挑战，亦是一种勇于面对生活的人生态度。

他的笔下，亦有对过往的怀恋，浮漾着一缕缕浓郁的乡愁。

在《拾秋之趣》的开头他这样写："拾秋"，不仅是二十世纪六七十年代的独有名词，更是小孩子的"专利"。放学后，扔下书包，呼朋唤友，背起小筐，拎起小布袋，成群结队，奔向收获后的田野。找寻遗落的玉米，捡拾散落的黄豆粒，翻刨落下的花生、红薯，甚至大葱。

他对古代典籍同样有着深入的研究，《读道德经有感》一文中：大约在两千六百多年前，与孔子同时代的老子写下了《道德经》，本经共九九八十一章，短短五千字却言简意赅，文约意丰，包罗万象，对大自然和人类进行深刻剖析，提出了道法自然、无为而治、不言之教、功成身退等理念，至今人们也难以想象老子在并不发达的春秋时代是怎样悟透自然和人的？甚至于一些很有现实意义的电视剧、电影，但凡所感所想，杨宏寅都会用文字记录下自己的观点和感悟，以飨读者。

杨宏寅的散文，就是这样，没有过多堆砌的辞藻，没有虚空的比喻修饰，如同一块块裸露的石头，你能看到它的一切，它的凹与凸，它的清瘦与粗壮。很显然，这是作者匠心独运的方法，他以此为创作手段，不断挖掘生活背后的欢悦与悲戚，不断深入命运的灾难和不安，为我们送来绽放于内心深处或是灿烂或是凋零的无名之花。

二〇二二年，在中国散文学会公布的会员名单中，我又看到了杨宏寅，这是对他散文创作的又一肯定。

列宾说过一句话："灵感，那是由于顽强的劳动而获得的奖赏。"杨宏寅一直从普通的场景中捕捉灵感，潜心创作，夙兴夜寐，他取得的文学成就来自他的坚持，他的勤奋。

目前，他创作精力充沛，时常能看到新作。集腋成裘，聚沙成塔，相信，杨宏寅在不久便会取得更丰硕的果实，让我们拭目以待。

人生随笔

根的年轮

老 锅

我与杨老师素未谋面,但对杨老师的阅历、学识、才华、人品却早有耳闻,且仰慕久矣。近闻杨老师要出版散文集,不胜感奋。便挤出时间把《寅照台华》从头至尾拜读一遍。由此,杨老师的形象在我心中便愈加充盈丰满起来了。

《寅照台华》像极了一条涓涓流淌的小河,流过了四季,流过了岁月。映照出了那沙、那石、那鱼、那草。水润岸花,风动蒹葭。作为一个从农村出来的孩子,通过读书而至省城发展的具有文学情结的精英,杨老师用如椽之笔饱蘸深情和时代浓墨,为我们描摹出了一幅幅家乡南阳的浓郁画卷。那山、那水、那村、那人,既远又近,无一不饱含着浓浓的乡情。小人物,大场景,襟怀人文之根,心生丝丝柔情,让人难忘。

《寅照台华》是一幅幅豫西南的风情画,方言俚语,人物场景,皆是家乡的味道。《山花》《二货》《小青》等讲述的就是身边人身边事。"掌鞭""争竞""牛(欧)""簸箕虫""艮"等方言,让人顿生亲近，即使外乡人，细细读后，也会对南阳产生更多的好奇和向往。

《寅照台华》成功地塑造了众多个性鲜明的百姓群像。这一点，杨老师的手法透出了遒劲老道。不仅有五观、体态的描画，性格的阐述，更有对家国情怀的讴歌。虽是白话直描，有些甚或素描，但仍感亲切，如《李胖子》《王师傅》《老杨同志》等。而且，通过对诸多普通人物命运的描写，也在读者面前展示出了乡村芸芸众生的人物画卷。可以说写小人物、说小人物正是杨老师久凝于胸中的大情怀，也是属于自己的皇天后土。

《寅照台华》是杨老师多年笔耕不辍的心血结晶。他极善观察揣摩，对事对人体察入微，万物可写且捉笔透纸，力道遒劲。特别是在平铺直叙中又由表及里，表意鲜明，同时又能紧扣时代脉搏，把人物的命运置于国家发展的大背景中去安排，去锤炼，这从另一个侧面彰显了杨老师的不凡手法和格局。

南阳自古多才俊，南阳作家群更是在全国文学大厦中拥有重要的梁柱之位。在这里更期待《寅照台华》早日付梓，为家乡南阳的文学宝库增添新的珍品。

读《寅照台华》有感

尹季显

杨总宏寅是我的老兄、老乡兼同事,有着南阳人的爽朗大气,也自带庄稼人的质朴硬气。前几日,杨总发我《寅照台华》书稿,披卷一览,为之手不释卷,感受是三个惊叹。

一是惊叹于农夫的勤奋笔耕。杨总和我同在培训机构上班,他不仅担负着繁重的教学任务,而且管理着一个规模不小的企业;有次赴外地出差彻夜畅谈,屡有宏论惊人,夜深嘱我先睡,自己却捧着如城墙砖厚的书本攻读不辍,让我这年轻人自叹不如;没想到他居然还能从百忙中腾出手来,静下心来,耙梳剔掘,工笔细描,为南阳农村大地上一个个普普通通的小人物画像立传,学太史公之笔法,效蒲松龄之勤苦,集腋成裘聚沙成塔,累计撰写百姓列传之多,此其一。

二是惊叹于农夫对丰富细节的把握。生活充满细节,普通人虽经历过曲折、体验过痛苦、陶醉过甜蜜,然而常常溺于事务,慢慢忘记了曾经心灵的感动、细腻的体验;杨总写的李胖子也是我身边很熟的同事,杨总只用三言两语就把胖子的开朗、热心写得活灵活现,而我却从来没想过要为同事写点文章，留下生活的吉光片羽；读杨总之文集，好像虽身体上早已通过高考蜕变成为城市人，但精神血脉上永远属于农村土地，字里行间充满了农村生活的点点滴滴，充满了农夫对生命的思考和感悟，此其二。

三是惊叹于农夫的乐观幽默。农村走出来的人，大部分都遍尝农民生活的艰辛，披星戴月、顶风冒雪从土地里刨食，为儿女生存、教育、医疗、婚姻而筋疲力尽。读杨总的文章可以明显感到，艰苦的生活没有压弯农夫挺拔的脊梁，反而从生活的苦难中培养出农民特有的乐观和幽默感，如杨长生逗小孩饭吃我肚里还是吃狗肚里、李铁嘴舌战卫生局、王老大之多送棺材、二叉之标准村骂、山花之各种寻死未遂等等，充满浓浓的青草味、泥土味，让人回味无穷感慨万千。

希腊哲人说人不能两次踏入同一条河流，但是人在精神领域却可以思接千载、神游八荒；愿杨总再接再厉，多产具有乡土气息的佳作，留住我们极为珍贵的精神家园。

《夫妻冤家》读后感

张　逸

　　事情还得从宏寅的人生随笔《夫妻冤家》谈起。世间有净土，各寻各的处。暑假了，我回到了农村老家，我在市职校任教，妻子在乡镇中学教书，属周末夫妻档。

　　刚回到老家，种草养花听鸟鸣，抖音快手观世态，可谓"一瓢颜回陋巷，五柳先生对门"。妻子忙里忙外，洗衣做饭，不亦乐乎，我那真叫个爽歪歪。没几天，妻子好像有点儿烦了，嗓门也大起来，我依然我行我素，免不了又唇枪舌剑，妻子讥讽我是大老爷，我却拿"夫为妻纲"当挡箭牌。后来，AA制，再后来，妻子拽着我要到民政局。昔日的模范夫妻，如今仇人似的，真是人间非净土，各有各的苦。这种你挖我鼻子我抠你眼的日子似乎成了常态。要说，都是有文化的教师，在校能管好学生，可在家谁也拿捏不了对方。这日子比我因疫情隔离还闹心。去学校吧，没开学；去外地吧，疫情无情啊！混呗，熬呗，整天泡在抖音朋友圈。偶然看到老同学宏寅的动态。啊，成作家了，好奇心促使，我浏览了他的《人生随笔》，又偶遇了《夫妻冤家》,嗨,你还别说,看看,郁结的心情有些平复;再看看,心里的纠结好像有点释然;看了又看,我便向妻子递了降表,认识到夫妻是冤家,而不是仇家。冷战结束了。我又开始了种草养花听鸟叫了,还时不时洗洗衣、打扫打扫卫生,偶尔也露一手,弄几个下酒菜,举案齐眉,夫妻对饮。

两口子你侬我侬,相濡以沫,别人又夸我们是神仙伴侣了,这叫怎一个"美"字了得!

朋友,我如今的好局面,主要是我的改变才有的,文章如药,可医我这大男子主义!谢谢了,宏寅!

朋友,若你还真把妻子当冤家,不妨也来读读宏寅的《夫妻冤家》吧!

人生随笔

又读都市农夫

鲁 汉

夏日炎炎,让人倦躁。八月之初,尤为湿热。因下肢冷寒,空调不敢开用,风扇不敢久吹。呆坐到夜里十一点,斜倚床头,刷着手机,迷迷瞪瞪浅浅入梦。不经意间醒来,又听到一连串消息提示音,便习惯性地抓过手机:原是都市农夫发来十余条微信,推送给我十余万字的新作,告知《寅照台华》马上要结集出版了!

奇文共欣赏,疑义相与析。粗览一些标题和文字,便很快被其中一个个灵动的人物、故事情节和思考性文字所吸引。首接首读,睡意全无。索性开灯起坐,细细品鉴,沉湎其中,不知不觉间东方大白。

都市农夫,河南省南阳市镇平县杨宏寅是也,乃吾大学同窗。其间,操弄尺规之余,宏寅偏又持笔著文,辄有小诗、散文出炉,予我共赏。时,本趣味之心,仅以打油诗、顺口溜视之,唱酬往来,相付一笑。毕业后宏寅承父业当了教书匠,诗作颇多。二〇一〇年,来自川渝湘鄂京粤苏豫鲁等一众同学,受其和周兄之邀欢聚郑州花园口,更是文兴大发,串联起同学雅聚的点点滴滴,编成图文并茂的聚会小册子，引发同学们诸多感叹。教书成功之余，立市场经济大潮之潮头，潜心公路交通领域创建道路护板加工企业，又掘得第一桶金。人生得意之际，却执念初心，自费赴港学习，得高师指点，潜心文学创作，并发起成立各种习作群会，推出包括"河南自由快乐创作群"等习作群。

合卷静思，感慨不已。古人云，士别三日当刮目相待。今与宏寅兄重庆作别七年。（二〇一五年相约回了趟母校），他的坚韧，他的细腻，他的激情，他的观察力，他的哲思，真真要让人仰视了。

宏寅命苦且多悲。出身农门，未曾谋面的爷爷因饥饿病亡，母亲在宏寅一岁时也撒手人寰。教师匠父亲中年丧父丧妻，其痛锥心，却终生未再续弦，一把屎一把尿将兄弟三人拉扯成人。成长过程中，缺衣少食的饥寒，汗滴禾下土的苦累，相比同龄村人母爱的缺失，都在他心中留下了痛。他笔下的《怒放的生命》一文中，有沉重的文字描述。

宏寅勤奋且志远。家业不幸学业幸，面对人生苦难，宏寅不仅没有退缩，反而激发起"人穷志坚，再也不能这样活"的进取精神。他书海扬帆，心无旁骛，一路闯关夺隘，即便考进能端铁饭碗的中专，却胆大冒险，舍弃不就，直至金榜题名，成为重庆大学八六级新生。重庆大学乃国家重点，以工科闻名。能入重庆大学者，自为众多学子所期盼。"一夜看尽长安花"的喜悦，在宏寅的笔端也有描写。

宏寅多愁且细腻。因奶奶是蒙古族，宏寅自称汉蒙混血。作为一个纯爷们，他却有着女性的细腻与敏感。家犬、鸡鸭、水中鱼、枝头鸟、小溪、田埂、池塘，守村人、寡鳏者、破烂王，邻居一颦一笑，村童一哭一闹，街谈巷议，家长里短，都是他笔下的文字。宏寅笔下的龙发、合三、荣合、李二狗等等，再现了一个个改革开放前后农村人的生活。当时的小孩无变形金刚，无电动玩具，无网络游戏，所玩所乐，一切都是就地取材，木头枪、火柴枪都是自己发明制造的。他的文中，常叹岁月无常，人生易老，花儿辞谢，青春不再。他悲天悯人，同情穷苦人；渴望太平，祝福好人好报。他文风舒朗平实，夹叙夹议，一切都娓娓道来，颇具烟火气息。

宏寅阳光且正能，盖源于父亲的教诲和自己的理性思考。宏寅父亲，作为一名知识分子，生在苦难的旧中国，饱受兵荒马乱的折磨，直到镇平来了八路军，让他真正感受到了国家民族的希望。一心报国、意气风发的八路军将士，英勇无畏抗击日军，真心实意帮助百姓，深受当地人民敬重，与"水旱蝗汤"（"汤"指以汤恩伯为代表的国民党军，不打日军却专门鱼肉人民，搜刮民脂民膏，被河南百姓讥讽痛恨，将其与水灾旱灾蝗灾并列）形成何其鲜明的对比！驰名中外的军事家彭雪枫就是家乡镇平人！宏寅父亲逢人便讲：八路军真精神！从此，他对共产党的好感再无改变。大三期间，有的学子对时局有一些迷惘，宏寅兄深深关切国家民族的命运，他说："中国可不能乱，乱了受苦的还是老百姓，我们中国人必须要相信共产党"。同学、同事和好友等建群，他是坚定的管理者，提醒纠偏是常态。他常说：我们四年大学学费是国家出的，国家当时还很困难，却没有亏待我们这些天之骄子，每人八千多元呢，人啊得讲良心。每当此时，微信群会安静下来，继而是大家纷纷点赞！

宏寅有恒志亦有恒产。《诗》云：民之为道也，有恒产者有恒心，无恒产者无恒心。自喻都市农夫的宏寅兄，吾谓之有恒志有恒心有恒产。亦儒亦商，他的灵魂是纯净的，既坚守了师道尊严，红烛丹心；也坚守了商场诚信，取财有道。他是以立恒志、守恒心、固恒产的，但从未虚荣。他深知经济基础决定上层建筑，有了钱不是胡花海吃，而是投身公益，全面提高自己，被他帮助过的乡亲、同学、学生不在少数。他满世界自费求学，捧起一本本哲学书籍，沉湎在知识的海洋之中，读原著悟原理，在思想境界上有了新的提升。

再读宏寅，诸多感慨。作为同学、同好、同志，相信宏寅会初心如磐，继续以灵动的妙笔书写芸芸众生，传播社会正能。

泼墨润草根

张书玲

传统文化是民族的根与魂。多少默默无闻的付出承载着历史的厚重，传播着一个时代的精神文明。生活在底层的劳动者，这个庞大的生产主力军，生不为人知，死不被人记。好像落叶一般，随风而逝，匿迹尘埃。每每思之，都不胜凄凉叹之。

今读杨宏寅老师的著作《寅照台华》，心里甚是感动与欣慰。朴实无华的文笔渗透着泥土的芬芳，小草的清新，野花的馨香。尽管久居都市，远离故土，那渗透在骨子里的故乡情怀汩汩流淌在墨香里。一个个鲜活的小人物被镌刻得灵动而鲜活起来。他们或朴实憨厚，或奸诈小骗，或温和耿直，或粗暴躁狂，不管怎样，为了生活，品尝着艰辛，甚至苦其一生，依旧顽强而乐观地延续生命。杨老师的文笔让这样的人群有了历史的痕迹，这个地球，我们曾经来过。

杨老师的文章诙谐易懂，总能从现实中捕捉亮点，难能可贵的是用白描手法却把人物刻画得活灵活现，几十个人物不同的形象特点内心活动如道家常地娓娓而来，又无一赘句可弃。跟杨老师学习的日子开心快乐又充实了不拘一格的朴实写法,心中甚是钦佩。杨老师平易近人,幽默风趣的豪迈性情也在文笔中彰显得淋漓尽致。读之莞尔之余再品韵味无穷。

山田君的农人思想,小贩嘴脸。看似不仁不义的做法,也反映出了上世纪六七十年代人们生活的不易,见识的短浅。不是生活所迫,不是知识匮乏,谁不愿高大上呢。

大榜更是那个悲惨时代的缩影。大榜有着超前的经济头脑,本应该有所作为的。生在那个牛鬼蛇神横行的年代,大榜的灵活好心态虽然没受太大的迫害,最终也没挣脱套在身上的沉重枷锁,孤零零一个人还被村人妖魔化,读之让人唏嘘而心酸。

江小白是不幸的,尝尽生活的酸楚。江小白又是幸运的,涌进改革的洪流中,沐着开放的春风。在那个黑猫白猫能抓着老鼠就是好猫的年代,多少人误解其意,承受不了汗水的流淌,禁不住霓虹灯的诱惑而滑向深渊,沉溺在纸醉金迷的泥潭中不能自拔,甚至有了笑贫不笑娼的邪恶。江小白有着顽强善良的品质,虽然最后也没能锦衣玉食,终是清誉立世,育儿成人,没添社会负担,七八十年代的生活逼出了众多少汉子。

杨老师质朴的简言碎语便揭露了现实存在的社会问题。作者美好而宏观的愿望,心系家国的情怀跃然纸上。

杨老师善于洞悉生活,把底层社会小人物活灵活现呈现给读者,反映出一个时代的社会面貌与精神面貌。朴实无华的文笔如同沙漠里

人生随笔

的清溪，盈盈墨香滋润着跋涉者的心，彰显着杨老师知识的渊博和博大的情怀，一颗忧国忧民的赤子之心。《寅照台华》可谓是为小老百姓的立传之作。

记住乡愁，为乡土小作家呐喊

刘景生

有些话说得好，大作家小作家都是作家，"一花独放不是春，万紫千红春满园"，牡丹还需百花衬，个性迥异的小作家，或者说写手和写出经典的大作家们一起绽放了诗意的春天。文学的道路上，无数个无名小辈努力着、前进着，他们不断壮大着文学队伍，使这支队伍充满新鲜血液，呈现着动态的发展趋势、呈现着生生不息的生机和活力。

作为一名普通的中学语文老师，杨老师在工作之余，酷爱写作，笔耕不辍，集腋成裘，十几万字的作品赫然呈现眼前。这本《寅照台华》令人惊喜，一个个鲜活的小老百姓，一件件婚丧嫁娶的凡人俗事，一段段蝼蚁众生的苦乐人生，重现了养育无数国人的农村曾经热热闹闹的烟火气息，东家长西家短，柴米油盐酱醋茶，我们仿佛回到了上世纪八九十年代，甚至更早，我们重温了先辈和左邻右舍的故事。在那个物质极度贫乏的年代，村民们为了活下去，坚韧、隐忍，甚至苟且，却大多并未泯灭人性的温暖和善意。他们或豁达，或忧劳，或勤快、或包容、或狭隘、或精明、或愚痴,又无一不尽力繁衍生息,延续着生命的血脉。那些丧妻丧夫丧子丧父的鳏寡孤独者,在乡村的大地上唱着人生的悲歌,也演绎了一出出辛酸的舞台故事和浮世画卷。

中国曾经有无数这样的乡村,随着城市化的发展,这些乡村萎缩、老化、合并、消失,靠近城市的村庄抓住经济发展的机会,建小区、建商业中心,房子新了、钱包鼓了,人情淡了,曾经的村庄文化、家族文化烟消云散,我们无法再像过去那样随意串门,端起碗蹲在墙根树下,左邻右舍拉扯家常,我们无法再像过去那样在院子里侍弄花草喂养家畜,在房前屋后种树,田间地头话桑麻,诉说着生命变迁的沧桑往事。那些不发达地区远离城市的村庄人口流失严重,老龄化,缺少年轻人,最后一批会种地的农民正在老去,农耕文化面临失传的情形。这种形势下,本书呈现给我们活灵活现的村庄记忆,记录了曾经活力无限的乡土故事,不失为一部文字版的村庄生活博物馆,给我们的后人留下了一笔独特的文化遗产、精神遗产。

本书还叙写了二十四节气和一些老家的风俗、饮食习惯,很有作家汪曾祺的遗风,都属于乡土文化的范畴,特别是二十四节气,更是我们祖先耕种的指南,是先民生活经验的积累和智慧的结晶,虽然今天大部人已经生活在城市,已经习惯了西历公元纪年的时间表达,但我们骨子里还是遵从着传统节气的习俗探亲、度假、走亲访友。这些文章读起来很有亲切感,洋溢着熟悉的味道。

本书文笔朴素洗练,白描手法的运用达到了极致,三言两语就勾勒出了村夫村妇的生动面貌，给人印象深刻。精神游走在字里行间，我们仿佛看到了熟悉的父老乡亲、左邻右舍、童年玩伴、老亲旧戚，不觉情动于中。现实主义手法的文学作品永远充满蓬勃的力量，一如路遥《平凡的世界》，在二十世纪八十年代以来众声喧哗、迭代出演的文学流派中，成为感动人心的永恒经典。

人生随笔

捡石头的小孩

爨　凯

大多数的小孩都有自己的"宝贝",或是一沓小小的卡片,或是一抽屉五颜六色的玻璃球。我七岁的女儿喜欢收集一些小石头,各种奇形怪状的小石头便是她的宝贝。山坡上、河滩边,凡是有小石头的地方,她弯下腰就能玩上大半天,经过一番精挑细选,最后总有几颗新"宝贝"收入囊中。

在我眼中,这些小石头平平无奇,和珍珠、玛瑙相比,一点儿也不值钱。但在女儿眼中,颗颗都是价值连城,倘不小心弄丢一颗,便似新娘弄丢钻戒一般,梨花带雨,心疼万分。

这种情愫,其实我也颇能理解,谁小时候还没有自己的"宝贝"呢?只是随着年岁逐增,越来越习惯于用"是否值钱"来衡量物品的价值,渐渐地,童年时曾视若珍宝的东西,终有一日也褪去了光环,正如人,终有一日褪去了童年的纯真。

三爹的新书即将出版,我有幸得以提前拜读,读罢,便想到了女儿的小石头。

书中讲述了很多普通人的故事,这些普普通通的人没有名人的璀璨光辉,没有伟人的波澜壮阔,没有圣人的不朽功德。但他们不乏聪慧者,不乏坚韧者,也不乏传奇者。时代犹如一波波巨浪,将名人、伟人、圣人冲刷上岸,受到世人瞩目,而大浪之下更多的还是被掩藏的普通人、平凡人。他们本质上和名人、伟人、圣人没有区别,假如时代的某朵浪花稍稍偏移一点点,或者力度稍稍变化一点点,很多人也有可能上岸,他们的身份就会改变,他们会被世人所知,甚至有可能被铭记史册。但时代洪流滚滚而来,从不停息,从不止步,更不会退回去重来。于是,被掩藏的终究被掩藏了。

苔花如米小,也学牡丹开。"小人物"的故事同样值得讲述,本书记录的就是一个个"小人物"的命运变迁。作者如同一个捡石头的小孩,不追求珍珠、玛瑙,而是将目光聚集在普普通通的小石头上,在朴实中发现美好,在平凡中追求伟大。全书没有虚构任何人物,没有刻意制造任何故事冲突,却让人读之欲罢不能,因为人性、命运、时代种种元素本身就充满了戏剧张力。"小人物"总是离我们更近、更真实、更亲切,恰如不知不觉便能治愈我们精神内耗的"二舅"。

作为作者的后辈,我很高兴三爹现在将多年来收集的"宝贝"精选出来与大家分享,相信同样童心未泯的读者们定会和我一样,似邻家小孩般艳羡于作者的际遇和见闻,从一个个有趣的灵魂中发掘人性的光辉,感受生命的魅力。

书评

王珍珍

　　文友杨宏寅要出书了。得知这个消息我肃然起敬！全民写作的时代，微博、公众号、简书、今日头条、朋友圈……每个平台都聚集了一大批草根写手。一时间，写文章的比看文章的还多。但是真正文字功底扎实，而且能持之以恒写下来，然后可以拎出来分门别类捋一捋凑成一本书的少之又少。要达到出一本精选书的量，文章的基数必须是很大的。草根写手们八仙过海，各显神通。有人追热点享流量红利，有人单纯记录生活点滴，自娱自乐。有人洋气，一杯咖啡一篇文。有人仙风道骨，一杯清茶一首诗，雅致得很。而杨宏寅笔名都市农夫。读者可以一眼定位他的文章基调。那是在都市谋生活的人对故乡深深的怀念。哪怕离家再多年，午夜梦回，都是故乡的模样。于是在红尘中保持虔诚，在城市的柏油路上踩出自己的脚印——农民儿子踏实坚定的脚印。

　　书中第一部分，给我们勾勒出众生百态。一个个鲜活的生命，像小说《活着》里描述的一样，展示着底层老百姓代代相传的勤恳，苦海自渡的隐忍，苦中作乐的幽默诙谐，以及战天斗地的突围精神。农村娃小李，高考落榜后参军考军校，毕业后做了文职军官，在自己的岗位上成为一块发光的金子。脑子活泛的山娃，命运一波三折，在尝试各种谋生手段中经历生活的风风雨雨浮浮沉沉，娶过四媳，生了两女一男，领悟着人性的光辉，也参透人性的阴暗。心宽体胖的李胖子，凡事不计较，脸上总是带着笑，娶得好妻子，儿子也争气。真真是人欺天不欺，善因结善果。被拐卖到河南的善良姑娘山花，像漂泊的杂草种子一样落地生根，勤劳致富，绽放出活力四射的美丽与坚韧，硬是撑起一个家，撑起一片天。深耕于新能源开发甚至摸过原子弹的王师傅、破烂王小梁、给生产队喂牛的和善老汉杨长生、做医疗器械的精明人李山田、文学青年小王……以及小八子、二倔、经商王老六……如你如我，都是中原大地上最最普通的人，生如蝼蚁，命比纸薄，却有不屈之心。

　　第二部分是作者自己的成长经历。作者出生在豫宛西偏僻农村，幼年丧母，郁郁寡欢，却终于在一步一个脚印地成长体悟里走向阳光，考上当时西南名校重庆大学，成为一个跳出农门的大学生。回忆恩师、怀想童年的年味儿、摔泥巴、吃油馍、自制火柴枪、男孩子煞有介事的两军对垒、追忆高考、怀念露天电影、工作分配、生产队下粉条、分红薯……满满都是那个年代的回忆，今日回头，往事都蒙上了一层温暖的赭色滤镜，令人潸然泪下，感慨岁月匆匆。世上没有两片完全相同的树叶，每个人的命运都无法完全重合。我们因命运相似而隐没

人生随笔

在人群，却终因自己的独一无二而获得独特的视角，独特的感悟，沉醉在生命的壮美之中。戏子登台唱传奇，文人提笔写自己，一字字，一句句都如杜鹃啼血，都是对生命的感慨与赞颂。

第三部分是作者的人生感悟。细腻的笔触为我们剖析人的认知局限，人的天生使命。作者说，人一生的经历和认识就是为了战胜与生俱来的局限与片面，努力达到精致的极限，通过一次次自我审视，自我否定，最终给自己一个清醒客观的定义，达到光辉的彼岸。

第四部分，作者辗转人间，壮美河山，风土人情尽收眼底，化作生花妙笔，在纸上迤逦出一道美丽的风景线。本人不才，笔力孱弱，却受邀执笔，诚惶诚恐。仓促成文，言不尽意，一切美好，书中相见。

有一种乡愁叫回望

陈 江

文友都市农夫要结集出书,发来书稿,让我为之写序,才疏学浅的我很是为难。随手翻看书稿,不想开卷有益,迎面吹来清凉的风,带着浓浓的乡土气息,带着酸甜苦辣的生活味道,一个个鲜活的生命,从时光隧道走来。山娃、李胖子、山田君、小青、江小白、李二狗、王老头、二犟……,有苦有甜,有说有笑,有卑微有高尚,有无奈的泪水,有豪情的奔放,有体壮如牛,有弯腰驼背,有光鲜亮丽,有蓬头垢面。他们都是一个个有血有肉的人,他们都是农村底层人的生活写照。生活就是一座山,有时压得他们喘不过气,但他们仍奋力跋涉;生活就是一条河,有时将要把他们淹没,但他们仍逆水拼搏;生活以痛吻之,他们带血唱和。他们无怨无悔,他们只为活着。他们有时可气可恨,他们有时可爱可笑,但我却在哑然失笑时,眼里流出酸楚的泪……

《百姓列传》一章里的农村人的生活经历,悲欢离合,打拼奋斗,跌宕起伏,红尘滚滚,人间烟火,娶妻生子,家长里短,平凡得不能

人生随笔

再平凡，卑微得不能再卑微，却叫人想起了我们身边的兄弟姐妹，我们身边的父老乡亲，让人更添乡愁，让人不由得把过去回望。那里有我们的父辈，我们儿时的同学、伙伴，邻家的姐妹。

小李努力奋斗，上学当兵，考上军校，终于走出了山村，他说：即使头破血流，也要在外面闯出一片属于自己的天地。山娃就不是一块上学的料，但他因祸得福，又因福招祸，三任老婆两死一离，留下一男一女两个孩子，他遇见好人帮他，也碰到坏人坑他。生活的风风雨雨，让他领悟了人性的光辉，也了解到人性的阴暗，但还是要活下去啊！王老师本是有学问之人，对学生好，课也讲得好，但却总往寺庙里跑，他说要出家做僧道……虽说作者叫她小青，其实是七十多岁的老人，体重不足九十斤的弱小身子，却干着七尺男儿的体力活，她无条件地爱着家里的每一个人，她无私奉献，从不说苦，她没有高深的学问，却培养出有爱心的孩子。李老大自学成医，在农村为人治好了大医院都治不了的病，他的故事很传奇，也很动人。王老大，外强中干，作者也只能说，哀其不幸，怒其不争。山花为家人可以付出生命，三番五次自杀，只为不给家人添麻烦，被救活后，又顽强地活下来，依旧给孩子们干活做饭。生命有时候真是顽强啊！

书中一个人就是一个故事，一个家庭的悲欢离合，作者没有故弄玄虚的曲折，没有华丽辞藻的堆砌，没有修饰铺垫的语言，白描素写，实话实说，方言土语，很接地气，让人感觉是在喃喃自语，又像是在跟家人聊起隔壁邻居，小时候的伙伴。当然，书中不乏感悟人生，漫

读后感

谈生死，也说坏人变老，夜半遐想，我是谁？

十八世纪英国著名作家斯威夫特说过一句话：琐事万岁。显然，这是一句颇具叛逆性质的话。相对于国家大事来说，人们总是忽略小事，更何况小人物。可正是这些小事，小人物构成大事，大局面，说明大道理，反映大社会。我想应该是这样的。

想了解自己的家乡吗？请读一读都市农夫的《寅照台华》，想知道农村的现状吗？请读一读都市农夫的《寅照台华》，想了解底层人们的生活吗？想知道什么是生活，什么是活着吗？请读一读都市农夫的《寅照台华》。

开卷有益，相信读者会和我一样，翻看书卷，闻泥土芬芳，品人间悲喜，观大千世界，思生活不易，从而更加珍惜当下的人间烟火，岁月静好，时光冉冉，秋水长天。倦累时静坐，收拾记忆，打理往事，让身边的人和事，慢慢想起，淡淡忘记。因为生活还在继续，身边的人和事还在继续，太阳每天从东方升起，还有月亮，还有那弯弯的月亮……

人生随笔

《寅照台华》读后感

崔淑君

二〇二二年八月青春年少时就与杨师兄同窗共读,认识他也有几十年了。感觉这几年才通过他的文学作品逐渐开始了解他。之前印象中他少言寡语,这几年作品丰盛,如泉涌般汩汩溢出,如今他在互联网世界变得一反常态地活跃,让我很惊奇,不得让我对他好奇起来。和他深入交谈才知其实他这么多年来一直在沉心孜孜以求地写作。我读了很多他写的文字,才深深体会到,他那份看似沉默平静的背后是澎湃的心灵,跃动着一颗悲天悯人的赤子之心,看似内敛的他拥有一个敏感而丰盈饱满的世界。

这本书中选录的文字很多我都陆陆续续读过。初读时总有一些惊喜,眼前跃动的文字稀松平常,简单质朴,似乎在诉说普通的再不能普通人和事,很多都散发着乡间泥土的气息。那些人物似乎很卑微,被人很容易忽略的过去的人物的事情,在他笔下鲜活地呈现在你眼前,画面感极强。故事人物似乎离我很远,因为我一直生活在城市,但是故事中表达的人情世故与我却一点儿也不陌生,那些渗透在骨子里的传统情愫，挑拨心弦，扰动思绪，隐隐地弹奏着不知名的曲调，余音绕梁。令你不时回味再读一遍，而再读后突然感觉这个人似乎也在你生活里。那些似乎隐入尘埃里的人，生命力却是如我们一样时刻涌动着，那种生命力勃发出的生机，在悲苦无奈中抽出牙，长出叶，有些开出花结了果，欣喜着。有些在经历寒冬时一阵霜就枯萎了，但是那阵痛的过程也如流星一般闪耀出自己独特的一束光亮，照亮人间。

杨兄在这里传递着心间的声音，这声音可能来自乡土中某个默默无闻走过一生的小人物，但是他们心间的声音却是人类共同拥有的。在大上海生活多年的我一样感觉到这个人可能就是我身边的某个人，那些事也类似发生在我的生命旅途中。

这个时代，我们常常沉溺于自己的坎坷苦难，关注于大的历史事件，习惯于宏大的叙事。却忽略了任何一个生命来到这个世界都有他的苦悲和喜乐，琐碎的日子里阳光掠过村头的墙角，家长里短，柴米油盐才是真正的生活。杨师兄关注到了这些平凡得不能再平凡的人，甚至弱势群体，为他们书写，讲述他们的故事。再度细读这些故事也让我感受到，这也是在寻找我们自己内心那个没被看见的小我，当这个小我被讲述被看见，被放在阳光下照出他生命中有力量的一面，他们被看见了，我们也看见了自己，我们也会学着与世界和解。他在书中写道："应该给荣合以及母亲这些生活在社会最底层的人立传，好让他们这些平平凡凡的人放心地离去，好让后世人知道他们也曾来到世上走一遭，虽无惊天动地的伟业，但他们也和大多数普通百姓一样

人生随笔

来到世上长大并结婚生儿育女，他们也曾坦然面对生活，按照自己对世界的理解哭过笑过。"这段话让我感动落泪。每一个人的经历都构成了他独特的世界，他的记忆都值得被尊重。有了这份尊重和看见，我们会变得温柔起来，与世界更好的和解。让我们理解活着和存在是多么可贵。我们变得容人，容事，容言，容人间暖意。

这本书有大部分内容在写杨兄自己的人生经历，回顾他漫漫人生路上的起起伏伏，奇闻趣事，经营之道，夫妻之道。跟着他传奇的人生故事。我好奇地探究着这个忙忙碌碌穿梭于城市和乡村间的一个凡人，怎么会有这么多感悟，写出这么多的故事，怎么会关注到这么多小人物的命运。看着他自传式的散文，我突然明白了，心里有光的人才能看到平凡人的力量和光芒。读他描述从童年滚泥巴玩"摔泥碗"的游戏，到不惑之年认命聊到"量子纠缠"。我感觉他从"流动感性"，发展到"自在神性。"

"都市农夫"是他对自己的称谓，也是他人生的写照，一个一直在用心耕耘苦心经营自己人生的人，一个心怀慈悲感受世界的人，一直在发光，一直在追光。网络上流行一句话"若不是生活所迫，谁会弄得自己一身才华？""都市农夫"杨师兄，淡泊名利物欲，早已不为柴米油盐所累，但是依旧在不断耕耘，我很佩服他能挑灯夜战，苦读诗词古典文学巨著，深究《道德经》，甚至追看电视剧写出读后感。在这个信息繁杂，物欲横流的时代，他要很清醒，也要很勤奋才能做到。传道授业解惑的种子一直扎根在他的内心，他本自具足，他是一个安于平淡而不甘于平凡的人,一个追求心灵圆满的人。以上是我这本书的一些感悟,感谢杨师兄信任,让我写一些文字,我觉得很荣幸也很有压力。

我想每个人读杨师兄的文字,感受都会不一样。但是有一点,打开书,慢慢读下去,他所释放出的他对世界的感觉,正是我们这个时代最缺乏的慰藉心灵的良药。在他的文字里和他一起感受世界的苦乐人心的温暖对我们是一份心灵滋养。在读这本书时,我愈发体会到世界万事万物相依相存,过好一个自己说了不算的人生,要慢一点去感受,一定要让灵魂跟上脚步。

回味美，感悟真

刘 锐

人活着不容易，一天天过去太容易。路多走，经历丰富，故事精彩。我的学友杨宏寅先生，把自己人生无限升华，泉涌笔尖，浪花朵朵，汇就美文篇篇。

读了《寅照台华》中的文章，让人深感同受。

似曾相识燕归来。幼小记忆如同电影回放，那个聪明调皮，时而不着调恶作剧的自我，活蹦乱跳来到你面前。儿时的真切，每一个人都会梦魇般反复出现，永不磨灭。

上学考学是人生的最重要节点，个中滋味不表达很难受，说出来写成文章舒服极了。这种感受，文学功底深厚的杨宏寅先生，用文字的真情流露，奉献给你美味佳肴，让你细细品尝，回味无穷。

上班，步入中年收获的时候，本来可以大篇幅抒发感情，可我们的杨先生，仅仅用学开车拿驾照一事，以偏概全，以点带面一笔带过。没有想到，还能如此描述，复杂问题简单化。能这样真知灼见，让人仰视。

最美最好是故乡。不忘故乡,不忘来时路,才能不忘初心,才能牢记使命。每个人的老家和老家事,是最朴素的爱,是无来由的爱。杨宏寅先生笔下真情实感,读来收获良多。

回味感悟杨先生文章,让人美不胜收。不读不知,早读早受益。

才根于器
——读《寅照台华》有感

王浩三

《寅照台华》是农夫文集的大名,情感所系,总感"农夫"亲切。与"农夫"相识相交于初中,后因求学及工作异地,从未谋面,偶有联络,多靠微信,也只是寥寥数语。今读其文集,总能想起从前那个少年,没有丝丝改变,信念不减,磨难不退,踏实勤奋,追逐着生命里属于自己的光,拥有着属于自己的天空。

文集收录各类文体,方言俚语,影像场景,皆是儿时豫西南老家的味道。文集以百姓列传及生活记忆居重,鲜活的人物,熟悉的面孔,往事历历在目。印象中的农夫是一个总能在不显山露水中做出常人意想不到的事,十几万字的文集带来的又是一份悄无声息的惊喜。有时在想,可能是农夫的大名里有个"宏"字(原名杨宏寅)的缘故吧,他站位总能高人一筹,耐得住寂寞,敢破敢立,从不会为一时的利益和瞬间的虚荣所迷惑。

记忆中,上世纪八十年代初的乡村中学缺乏英语老师,英语课堂同学们大都"放羊",唯有少年农夫别出心裁地将英语教材撕破,有计划地把单词及课文时时揣在口袋,后改良成小纸条,天道酬勤,农夫中考英语九十八分(满分一百分)的成绩给我留下了深深的记忆。放榜时,农夫以优异的成绩被内乡师范录取,那个年代内师可是当地所有农村考生向往的地方,考上将意味着离开农村吃上了"皇粮",当大家都在羡慕的时候他却不露声色地选择了放弃,揣着内师的录取通知书到县城一高报到,这就是少年时代的农夫。

多年未曾与农夫谋面,乡邻传言时时闻耳。大学毕业的农夫教书是位好先生,经商亦非常成功。一个人骨子里的东西岁月是抹不掉的,农夫与那个年代大多数文艺青年一样同样有着一个文学梦,他从不懈怠,一个理科生高考语文能考一百一十二分(满分一百二十分),作文近乎满分;一个理科大学生又硬是拿到了文学硕士的学位,这就是农夫,他总能实现自己想要的东西。农夫是一个淳朴善良的人,爱与恨在他的心里总是清澈如水,从他笔端生动鲜活人物中便可窥见一斑。看似家长里短凡人琐事,它带给你的却是底层平民生活的呐喊,是清澈的爱恨,是人间沧桑,是人生的感知与启示。文集唤醒的是记忆,豁达敞亮,没有滤镜,一个个不起眼的人物,一件件不起眼的小事,看似极致朴素的白描,却情动于中。

一碗烩锅面道出的不仅是农夫少年的趣事,更有"误会"后农夫深埋心底永久的歉意。《烩锅面》里那位农夫的少年朋友原型是否是我确实有点儿模糊,但我却清晰地记得农夫自己筹钱用自行车驮我去县医院看病的情景，挂号、抓药全是农夫一人所为，由于车技一般，马路斜坡处遇到两头踱步的黑猪，农夫喊叫着撞上了其中一头猪的屁股，两个少年狠狠地摔在了马路中央……同学的手表丢了，担心被父母责怪，农夫会和大家一起到烟站打工为他攒买表的钱；教室里，农夫常常把父亲蒸好的大米饭用小塑料袋装好偷偷地分享给饿着肚子的同学们；豌豆花开，农夫月光下帮小伙伴偷采豌豆芽的事让他每每想起总是深感自责，成了他人生回忆中的唯一"污点"。

流云散开，漫天的星光洒下来，与农夫一起的故事像珍珠一样早已永久拴在了心底，清澈甘冽的味道一直在。农夫善良淳朴、品正刚直的性格总能让人将他沉淀于心中，我们虽然多年不见，但对农夫的记忆却永远不会因我们的不见而消散。

云卷云舒、云聚云散，从农夫身上总能汲取到不尽的营养，真诚善良、踏实勤奋、敢破善立、执着向前。有人叹农夫在繁忙之余能抠出这么多文字音符是不可想象的，而我却恰恰从自己的记忆库存中找到了昔日那位少年，没有丝毫改变，有的只是时间考验。我也常把与农夫在一起的故事分享给女儿听，也许是说得多了，欣慰的是从女儿的身上也能多多少少看到少年农夫的影子，并尝到了一点点属于她自己的甜头……

掩卷农夫文集，虽在异乡，阔别的只是走过的路，忆农夫往昔，触摸着农夫对家乡凝于内心的这份情感，感知着农夫的善良与智慧，我总能想到一个词，"才根于器"。一个人的"器"可以促成"才"，更能促成"才"的积累,农夫的"才"源自他的勤奋与善良,更源自他做人做事的格局。文集带给我惊喜之余,回想农夫走过的路,"才根于器",农夫给了这个词最完美的诠释。